Wilma Müller

24
melodische Weihnachtsküsse

AF281340

Wilma Müller, geboren 2003, hat gerade ihr Abitur bestanden. Mit 13 Jahren begann sie ihre Ideen zu Papier zu bringen. „24 melodische Weihnachtsküsse" ist ihre zweite Kurzgeschichtensammlung. Außerdem stammen diverse Fantasyromane und die Kinderbuch-Reihe „Bougoslavien" – eine Katzenwelt aus ihrer Feder.

24 melodische Weihnachtsküsse

Wilma Müller

Bibliografische Information der Deutschen Nationalbibliothek:

Die Deutsche Nationalbibliothek verzeichnet diese Publikation in der Deutschen Nationalbibliografie; detaillierte bibliografische Daten sind im Internet über http://dnb.dnb.de abrufbar.

Illustrator: **Wilma Müller**

Grafik: **Noah Bach**

Herstellung und Verlag: BoD – Books on Demand, Norderstedt

ISBN: 978-3-7562-1997-1

Für Melina,
die mir hier die
Unsicherheit genommen
hat.

Playlist

1. In der Weihnachtsbäckerei – Rolf Zuckowski
2. All I want for Christmas is you – Mariah Carey
3. Feliz Navidad – José Feliciano
4. Little Drummer Boy – Katherine Davis
5. It's the most wonderful time of the year – Andy Williams
6. Santa Claus is coming to town – Jackson 5
7. Ding Dong Merrily on high – Volkslied
8. Rudolph, the red-nosed reindeer – Johnny Marks
9. Wonderful Christmastime – Paul McCartney
10. You make it feel like Christmas – Gwen Stefani / Blake Shelton
11. Jingle Bells – James Lord Pierpont
12. Do they know it's Christmas? – Band Aid
13. Winter Wonderland – Felix Bernard / Richard B. Smith
14. Let it snow! Let it snow! Let it snow! – Frank Sinatra
15. Joy to the world – Volkslied
16. Have yourself a merry little Christmas – Frank Sinatra

17. Carol of the bells – Volkslied
18. The power of love – Frankie goes to Holly-
    wood
19. Deck the halls – Volkslied
20. Under the misteltoe – Kelly Clarkson / Brett
    Eldredge
21. Last Christmas – Wham!
22. We wish you a merry Christmas – Volkslied
23. Driving home for Christmas – Chris Rea
24. Stille Nacht, heilige Nacht – Volkslied

1

In der Weihnachtsbäckerei

„Guck mal wer da gekommen ist!", verschwörerisch stieß Madelaine ihm den Ellenbogen in die
Seite. Nicht gut. Erschrocken zuckte David zusammen und schüttete sich dabei seinen heißen,
frischgemachten Caffé Latte über.
„AH! Verflixt und zugenäht!", fluchte er lautstark
und hielt die tropfende, fast leere Tasse von sich.
Seine Schürze hatte nur einen Teil des Getränks
abgefangen, auch sein Hemd darunter war voll mit
dem heißen Zeug und klebte eklig an ihm.
Schuldbewusst hatte Madelaine den Kopf einge-
zogen. Aber was mit Abstand am schlimmsten
war: Er hatte alles gesehen, der eine Gast, der
blonde Mann mit der Brille, der seit drei Monaten
jeden Morgen in die Bäckerei kam und sich ein
Kürbiskernbrötchen mit Salat und Käse, aber ohne Tomate und dazu einen Cappuccino bestellte,
während er ein Buch las. Manchmal arbeitete er
auch an seinem Laptop, doch meistens las er.
Und er gehörte zu der Sorte Menschen, die sich
Stellen in Büchern markierten. Sein Bleistift und
seine bunten Klebezettel durften nicht fehlen.
David hielt davon ja eigentlich recht wenig. Er ging

mit seinen Büchern immer sehr sorgsam um, keine Eselsohren, keine Leserillen und auf keinen Fall irgendwelches Gekritzel, aber... Bei ihm war es in Ordnung.

Irgendwie war es etwas besonders, wie behutsam und weltvergessen er die Seiten umblätterte...

Mit einem freundlichen Nicken begrüßte er sie wie jeden Tag und ging zu seinem Stammplatz. Locker stellte er seine Umhängetasche neben dem Tisch ab und zog daraus das nächste Buch hervor. Und wie jeden Tag traute sich David nicht, ihn nach seiner Bestellung zu fragen.

Als er das erste Mal bei ihnen gewesen war, war das kein Problem gewesen. David hatte ihm den Cappuccino gebracht, mit einem Herz im Schaum, wie er es immer tat und... Dieses Lächeln! Das Herz des Bäckers war geschmolzen wie Zartbitter-Schokolade im Wasserbad. Und seitdem war alles durcheinander.

Ständig ertappte er sich selbst bei dem Gedanken, ob seine Lippen so süß schmeckten wie der Karamellsirup im Kaffee oder wenn er einen Milchbart hatte, kribbelte es in seinen Fingern, ihn sanft von seiner Oberlippe zu streichen...

Dabei wusste er von diesem Mann nichts, außer seinen Frühstücksvorlieben!

„Ich zieh mich mal um", murmelte David und verkrümelte sich nach hinten. Heute war wirklich alles schiefgelaufen. Morgens war er erst einmal in der Backstube ausgerutscht, bei den Plätzchen hatte er den Zucker vergessen und eine Tüte Backpulver hatte er auch schon fallen gelassen. Wie konnte man nur so viel Pech haben?! Nicht sein Tag.

Frustriert nahm er seinen Rucksack aus dem Spint, das war das Einzige, was von der Umkleide momentan zu gebrauchen war. Dort wurde nämlich gerade renoviert. Also musste die Toilette dafür herhalten.

Mit den Händen stützte er sich am Waschbecken ab und ließ den Kopf hängen. Das war der schlimmste erste Dezember überhaupt. Wann war dieser Tag endlich vorbei?

Während sich Madelaine das Tablett inklusive Block und Stift griff (in diesem Fall waren die allerdings eher Deko, seine Bestellung war ja eh immer die Gleiche), summte sie: „Zwischen Mehl und Milch macht so mancher Knilch eine riesengroße Kleckerei."

Sie liebte Kinderlieder und besonders dieses, immerhin arbeitete sie quasi in einer Weihnachtsbäckerei. Und David tat ihr so leid. Heute war er der Knilch. Dabei hätte er doch zur Abwechslung mal ein bisschen Glück verdient! Vielleicht musste man dem Glück manchmal einfach ein bisschen auf die Sprünge helfen...

Listig wie ein Fuchs ging Madelaine zu ihrem Stammgast rüber und setzte dabei ihr nettestes Lächeln auf. „Hallo! Ähm, ich wollte Sie fragen, ob Sie vielleicht auf die Männertoilette gehen könnten...", so ganz durchdacht hatte sie das irgendwie nicht, sie brauchte ganz schnell eine Erklärung: „Mein Kollege hat nämlich... das Rezept verschleppt, für meine Lieblingsplätzchen. Und ich bin eine Frau und kann nicht auf die Männertoilette."

Na gut, das war zugegebenermaßen jetzt nicht die beste Hilfestellung fürs Glück. Mit einem großen Fragezeichen im Gesicht musterte der freundliche Bücherwurm sie.

„Bitte! Es ist dringend! Ich brauche dieses Rezept wirklich!", flehte sie ihn so verzweifelt wie möglich an. „Ähm. In Ordnung. Ich gehe dann mal... das Rezept holen", immer noch deutlich durcheinander von ihrer seltsamen Bitte stand er auf und machte sich auf den Weg.

Ging doch! Verschwörerisch schaute Madelaine ihm nach. Was wäre die Weihnachtzeit ohne ein bisschen Liebeszauber? Oder Desaster.

Erst jetzt dachte sie daran, was alles schief gehen könnte. Angefangen mit Davids Schüchternheit, bis hin zu einem Nervenzusammenbruch von ihm, der in einen Mord ausuferte. Also bis zum Mord würde es wahrscheinlich nicht kommen, aber trotzdem gab es eine Menge Möglichkeiten, wie das an Davids Pechsträhne anknüpfen könnte...

Schnell stellte sich die Bäckerin wieder hinter die Theke und tat so, als hätte sie nichts damit zu tun. Ganz gespannt knusperte sie ein bisschen Spritzgebäck mit Schokolade. Hoffentlich ging das Ganze gut aus...

David kramte in seinem Rucksack neben dem Waschbecken nach einem Ersatzhemd. Er war sich sicher, dass er eins eingepackt hatte. Aber wo? Da waren Taschentücher, ein Regenschirm, die Tüte mit frischem Lebkuchen, die er seiner Schwester mitbringen sollte, eine Taschenlampe. Warum um alles in der Welt war da eine Taschenlampe drin?!

Ständig gaben die Wasserleitung gurgelnde Geräusche von sich. Ihre Umkleide war nicht der einzige Raum, der mal eine Sanierung bräuchte. Über das Rascheln im Rucksack und die bedenklichen Laute der Leitungen, bekam er das Klopfen an der Tür gar nicht wirklich mit.

Doch dann wurde sie geöffnet und eine warme, wenn auch irritierte Stimme sagte: „Ähm. Hallo." Ruckartig fuhr David hoch und knallte dabei volle Kanne mit dem Kopf gegen das Waschbecken. Vor Schmerz stöhnte er auf und setzte noch ein gepresstes: „Verflixt!", hinterher.

Etwas wacklig richtete er sich auf. Und ihm wurde bewusst, dass er sein kaffeegetränktes Hemd schon ausgezogen hatte. Er stand ohne Oberteil da! Hastig drehte er dem Mann im Türrahmen den Rücken zu und lief dabei feuerrot an. Sogar seine Ohren und sein Nacken wechselten die Farbe!

Mist! Mist! Mist! Fieberhaft fing er an, wieder im Rucksack zu kramen. Er brauchte einfach sein Oberteil! Oder sollte er den Regenschirm vor sich halten? Nein, das wäre absolut lächerlich. Irgendwo musste sein Hemd doch sein!

„Entschuldigung. Ich… ähm… sollte… Rezept holen", stammelte der Bücherwurm ziemlich überfordert. „Was?", verwirrt warf David jetzt doch einen Blick über die Schulter. Wieso sollte er hier ein Rezept haben? Das war die Toilette! Wozu sollte er hier Rezepte brauchen? Etwa als Klopapier?! Das war doch wohl ein Witz!

Ah! Da! Gott sei Dank! Sein Hemd! Fahrig zog er es über, falsch herum, aber immer noch besser als nichts.

„Die andere hat gemeint, also... ich... sollte Rezept holen", wiederholte er sich größtenteils wieder. Die andere? Schlagartig ging David ein Licht auf. Stöhnend rollte er mit den Augen: „Das war Madelaine. Bestimmt wollte sie uns..." Ups. Er hätte nicht laut denken sollen.

Ertappt schwieg der Bäcker und zupfte an seinem Oberteil, bei dem peinlichen Versuch es umzudrehen. Nicht sein Tag, nicht sein Leben, ganz und gar nicht.

Skeptisch runzelte der Stammgast die Stirn: „Was wollte sie?" Na toll. Wie sollte er sich da wieder rausreden? „Ähm...", setzte er an, doch ihm fiel nichts ein. Sein Herz schlug so heftig, dass es schon wehtat und er fühlte sich, als hätte jemand seinen inneren Backofen angeschaltet.

Nervös befeuchtete David seine trockenen Lippen: „Ähm... Ich... wollte... dich fragen... was du immer liest." Überrascht zog der blonde Mann die Augenbrauen hoch. Man musste kein Detektiv sein, um zu merken, dass das nicht die eigentliche Frage war. Trotzdem antwortete er bereitwillig: „Ich arbeite bei einem großen Verlag als Lektor und Korrektor. Manchmal lese ich aber auch einfach, weil ich es liebe."

Langsam nickte David. Das würde auch die Anmerkungen in den Büchern erklären. Und irgendwie machte das diesen Fremden noch zauberhafter. Was diesen peinlichen Auftritt jedoch nur verschlimmerte. Was musste er von ihm denken?!

„Ich bin übrigens David", stellte er sich vor, einfach nur um irgendetwas zu sagen. „Iwan", fasste sich der leidenschaftliche Leser kurz. Wieder fiel David nichts anderes ein als zu nicken.

„Ich mag die Herzen. Die die du immer in den Cappuccino machst", brach Iwan dieses Mal die seltsam erwartungsvolle Stille und machte einen leisen Schritt auf David zu. Der Bäcker schaffte es einfach nicht ihn direkt anzusehen. Stattdessen beobachtete er jede kleine Bewegung durch den Spiegel überm Waschbecken und eine wohlige Gänsehaut breitete sich auf seinen Armen aus.

Irgendwie kam es ihm vor, als würde er träumen und gleichzeitig fühlte er sich so wach wie nie zuvor.

„Ich wollte schon lange mit dir reden", David hatte den Blick immer noch auf einen unbestimmten Punkt im Raum gerichtet. „Warum hast du es nicht getan?", wollte der Leser wissen und seine Stimme klang ganz zärtlich. „Ich weiß nicht", antwortete er leicht gedankenverloren: „Vielleicht hatte ich ja Angst."

„Und jetzt hast du keine mehr?", Iwan machte noch einen Schritt. Nachdenklich schwieg David.

Hatte er Angst? Sein Herz raste, wie bei einer Panikattacke. Aber es fühlte sich nicht nach Angst an. Eher wie ein warmes Prickeln, als hätte er tonnenweise Brausepulver verschluckt und zwar Himbeer-Brause, das hier war ein süßer Himbeer-Moment.

„Sieh mich an", verlangte der besondere Gast mit sanfter Bestimmtheit. Aufgeregt blickte David in seine tiefblauen Augen. Es fühlte sich an als hätte jemand in seinem Inneren einen Mixer angestellt, ohne vorher den Deckel drauf zu machen.

Die Worte sprudelten einfach so aus ihm heraus: „Ich glaube ich habe keine Angst. Aber heute ist alles ganz komisch. Ich habe den Zucker in den Plätzchen vergessen. Welcher Bäcker vergisst schon den Zucker? Und dann noch das Mehl und eben der Ka…"

Weiter kam er nicht. Iwan hatte ihn einfach geküsst. Einfach so. Ohne Vorwarnung. Mit großen Augen sah David ihn an. Zart strich der Stammgast ihm mit dem Daumen über die gerötete Wange. Er konnte nicht glauben, dass das passiert war und… Er wollte, dass es wieder passierte.

Leidenschaftlich schlang er die Arme um Iwan und der Kuss schmeckte süßer als jedes Gebäck.

Plötzlich öffnete sich die Tür einen Spalt breit und Madelaine schaute herein: „Hier ist doch kein Mord passiert, oder? Ihr habt aufs Klopfen nicht rea… oh!" Schweratmend fuhren die beiden auseinander.

Entschuldigend lachte die kleine Kupplerin auf: „Soll ich euch einen Kaffee machen?" Nach einem Blick auf die beiden knallroten Männer fügte sie anzüglich hinzu: „Oder soll ich euch vielleicht ein Zimmer reservieren?"

„Raus!", befahl David keinen Widerspruch duldend und deutete mit ausgestrecktem Arm in keine genau bestimmbare Richtung. „Viel Spaß noch", mit einem kleinen Kichern verzog sich Madelaine wieder. Das war ja ein echtes Weihnachtwunder. Ein frischgebackenes Liebespaar in der Weihnachtsbäckerei. Lustig.

Summend tänzelte sie zur Theke zurück. Dieses Jahr würde ein ganz besonders Weihnachten werden, das hatte sie so im Gefühl...

2

All I want for Christmas is you

Fröhlich pfiff er Weihnachtslieder vor sich hin, während er seinen Putzwagen durch den Gang schob. Na ja, eigentlich war es nur ein Weihnachtslied und zwar: „All I want for Christmas is you". Davon hatte er total den Ohrwurm.

In der Weihnachtszeit gab es wirklich immer die fröhlichste Musik. Und die schöne Dekoration nicht zu vergessen. Unten im Foyer war ein Weihnachtsbaum aufgestellt. Die Nadeln vom Boden aufzukehren war zwar unnötige Arbeit, aber es gefiel ihm trotzdem. Alles war immer so erwartungsvoll und festlich.

Routiniert klopfte er an die Zimmertür, an der ein kleiner Tannenzweig mit rotem Schleifchen hing. Von drinnen kam keine Reaktion, hätte ihn auch stark gewundert, um diese Zeit waren alle beim Frühstück.

Kurz unterbrach er sein unbekümmertes Pfeifen, während er die Tür öffnete und den Putzwagen in den schmalen Eingangsbereich des Zimmers schob. Die Räume waren wirklich nicht putz-freundlich konstruiert.

Wie immer nahm er sich als erstes das Badezimmer vor, dann war das schlimmste schon erledigt. Allerdings waren die meisten Gäste da sogar noch ziemlich sauber. Kein Vergleich zu den Toiletten der Bar, um die er sich bei seinem vorigen Job kümmern musste.

Doch dieses Bad sollte eine Überraschung für ihn bereit haben...

Nichtsahnend öffnete er die Tür. Entgeistert schnappte sie nach Luft. „Oh! Tschuldigung!", rief er hektisch und stolperte fast über seine eigenen Füße, als er sich so schnell wie möglich wieder aus dem Badezimmer zurückzog.

„Ich rufe später zurück", hörte er ihre Stimme gedämpft durch die Tür. Hatte sie auf dem Klo telefoniert? Er hatte kein Handy in ihrer Hand gesehen, aber alles war ja auch sehr schnell gegangen und trotzdem nicht schnell genug.

Sollte er lieber gehen und so tun als wäre nichts gewesen oder hier warten und es klären? Was, wenn sich die Frau bei der Leiterin des Hotels beschwerte? Würde er dann vielleicht sogar diesen Job verlieren? Das durfte er nicht riskieren!

Nur wie könnte er sie überzeugen, dass er wirklich keine unangebrachten Absichten gehabt hatte? Es einfach nur zu sagen, würde sicher nicht reichen. Aber was könnte er als Beweis tun?

Im Badezimmer hörte er die Klospülung rauschen. Ihm blieb nicht mehr viel Zeit! Und vielleicht sollte er auch nicht so komisch direkt vor der Tür rumstehen. Das wirkte ja als hätte er sie belauscht!

Fahrig griff er sich einen Lappen und durchquerte möglichst lautlos das Zimmer. Ganz konzentriert fing er an, die Fensterbank zu wischen. Ihm war immer noch nichts eingefallen. Plätschernd wusch sie sich die Hände. Er wurde immer unruhiger. Was sollte er nur tun?!

Mit einem Klacken öffnete sie die Badezimmertür. Der Moment der Wahrheit war gekommen. Sollte er sich zu ihr drehen oder lieber so tun als hätte er nichts mitbekommen? Sie hatte auf jeden Fall mitbekommen, dass er noch da war.

Im Fenster konnte er eine durchscheinende Spiegelung des Raumes sehen und sie stand neben seinem Putzwagen und schaute eindeutig in seine Richtung. Nur den Gesichtsausdruck konnte er nicht richtig erkennen, aber um den zu erraten, brauchte man nicht viel Fantasie.

Geräuschvoll räusperte sie sich. Er konnte sich nicht länger vor der Konfrontation drücken. Schuldbewusst drehte er sich jetzt doch um. Schweigend starrte sie ihn an und es war offensichtlich, dass er sich zuerst erklären sollte. Das war doch schon mal besser als sofort Anschuldigungen, oder?

Jetzt war es an ihm sich zu räuspern, allerdings war es bei ihm eher unruhig als auffordernd.

„Es tut mir wirklich leid, ich dachte Sie wären schon unten beim Frühstücken. Ich hatte auch geklopft, aber Sie haben es nicht gehört und es tut mir wirklich leid, dass ich die Tür geöffnet habe. Entschuldigung. Ich wollte Sie wirklich nicht… stören", er hatte unfassbar schnell gesprochen, dass die Worte fast schon ineinander übergegangen waren.

Ihre Gesichtszüge waren immer noch so hart und abweisend. An ihrem rechten Ohr hatte sie so etwas Kleines, Schwarzes klemmen. Es könnte ein Hörgerät sein, doch demnach zu schließen, was er da gerade gehört hatte, musste es wohl so ein Headset zum Telefonieren sein. Dazu dann noch das weiße Hemd, die schwarze Hose, den strengen Dutt und ihre insgesamt steife Körperhaltung.

Anscheinend war sie hier nicht für einen entspannten Urlaub oder einen Weihnachtsbummel. Und für die Erniedrigung, dass er sie auf der Toilette gesehen hatte, reichte die kleine Entschuldigung wohl nicht aus. Mit dieser Frau war sicher nicht zu Spaßen. Sie war eine ganz Knallharte.

Und bevor sie ihm mit einer Klage oder sonstigem drohen konnte, fing er schnell an weiter zu plappern: „Bitte! Ich brauche diesen Job! Besonders jetzt über Weihnachten mit all den Geschenken und ich mag die Arbeit hier! Das ist viel besser als meine letzte Anstellung! Das war ein Alptraum! Aber ich verstehe, dass das blöd gelaufen ist und ich will mich wirklich entschuldigen, richtig… Heute sieben Uhr im Foyer. In Ordnung? Bitte geben Sie mir eine Chance es wieder gutzumachen."

Misstrauisch musterte sie ihn. Sie hatte nicht damit gerechnet gleich seine ganze Lebensgeschichte erzählt zu bekommen. Und auch wenn sie gelernt hatte, dass man nicht gleich jede Geschichte glauben durfte, wirkte dieser Mann so verdammt aufrichtig. Wie der Zufall so wollte hatte sie diesen Abend tatsächlich ausnahmsweise frei und sie fasste den Entschluss ihm diese Chance zu geben.

„In Ordnung", sagte sie schlicht und blickte noch lange genug zu ihm, um zu sehen, wie ihm eine riesige Last von den Schultern fiel und sich auf seinem Gesicht pure Erleichterung ausbreitete. Dann zog sie sich geschäftig die Anzugsjacke über und griff ihre Aktentasche.

Neben der Garderobe schlüpfte sie noch schnell in ihre seriös wirkenden Absatzschuhe und informierte die Putzkraft sachlich: „Sie können in diesem Zimmer fortfahren. Ich habe jetzt einen Termin. Auf Wiedersehen."

„Auf Wiedersehen", echote er etwas überrumpelt von ihrer plötzlichen Hektik, doch sie war schon davon geklackert. Er konnte gar nicht glauben, dass dieser Moment schon so schnell vorbei sein sollte. Vor sich sah er noch kristallklar ihr Gesicht. Die hellen, entschlossenen Augen, das kleine Muttermal über ihrer rechten Augenbraue, die weiche Kinnlinie und diese schmalen, langgezogenen Lippen, die in einem Lächeln sicher malerisch aussahen.

Auf einmal traf es ihn wie ein Schlag. Das war es! Das wäre die perfekte Entschuldigung für diesen unglücklichen Zufall! Er musste sich nur beeilen!

Wie ein Verrückter fing er an zu putzen und arbeitete die Zimmer auf seiner Route in Rekordzeit durch. Vielleicht war er dabei in dem ein oder anderen Ecken auch nicht so gründlich, aber Hauptsache er hatte Zeit für seine Überraschung. In der Pause setzte er sich sofort an die weihnachtliche Idee. Da hatte er sich ordentlich was vorgenommen.

Konzentriert arbeitete er an seinem Entschuldigungs-Projekt und aus Minuten wurden Stunden. Gedankenverloren pfiff er während der ganzen Zeit die Melodie von „All I want for Christmas is you", wirklich ein sehr hartnäckiger Ohrwurm und irgendwie strahlte er so eine mitreißende Energie aus. Genau das Richtige!

Zwischendurch musste er die Vorbereitung für den Flur im zweiten Stock unterbrechen. Ein sehr intelligenter Gast war mit einem offenen Becher Glühwein rumgelaufen und hatte den natürlich verschüttet. Schnell war dieses dämliche Missgeschick beseitigt und er feilte weiter an den Details. Etwa um halb sieben wurde er fertig und packte es noch schnell in das größte der leeren Geschenke, die als Deko unter dem Weihnachtsbaum lagen.

So. Stand sonst noch etwas an? Hmmm... Umziehen wäre nicht schlecht, er hatte immer noch seine Arbeitssachen an. Und sie kam wahrscheinlich auch von der Arbeit. Einer Arbeit, die bestimmt anspruchsvoll war. Was, wenn sie gestresst war und dieser Abend sie nur aufregte?

Außerdem hatte er keine Ahnung, wie er alles anfangen sollte. Er kannte ja nicht einmal ihren Namen!

Mehr und mehr fing er an zu zweifeln. Was, wenn sie das Geschenk seltsam fand? Was, wenn er hiermit alles nur schlimmer machte? Unruhig knetete er seine Finger.

Durch das Foyer schlenderten viele Familien und Paare auf ihrem Weg nach draußen. Dabei redeten sie unbeschwert und lachten glücklich. Abends verließen immer viele Gäste das Hotel um Essen zu gehen, das war nichts Ungewöhnliches. Nur normalerweise stand er währenddessen nicht verlegen neben dem Weihnachtsbaum.

Bestimmt hatte sie auch noch nichts zu Abend gegessen und war hungrig, wenn sie hierhin kam! Wieso hatte er da nicht früher dran gedacht?! Er brauchte Essen! Und zwar schnell!

Als würde sein Leben davon abhängen sprintete er in die Küche. „Thorsten!", rief er atemlos: „THORSTEN!" „Schrei doch nicht so!", ermahnte ihn sein Kumpel und schaute allessagend auf den Joint in seiner Hand.

Irgendwann killte er sich damit noch die Geschmacksnerven und das Versteck in der Küche war auch Müll, aber da ließ Thorsten nicht mit sich reden.

Trotzdem war er ein guter Freund und ein begabter Koch, zumindest wenn er nüchtern war.

„Ich brauche ein Essen! Ich weiß nicht was sie mag. Vielleicht ist sie Vegetarierin oder hat Allergien oder sonst was. Mach einfach irgendwas und bring es in den großen Putzraum", gab er seinem Kumpel hastig Anweisungen.

„In den Putzraum? Eine Frau?", völlig verdattert schaute Thorsten ihn an. „Mach es einfach. Denk an das Zimmer, das ich sauber gemacht habe, nachdem du dort eine… Party gefeiert hast. Du bist mir was schuldig", noch während dem Reden drehte er sich wieder um und fuchtelte eindringlich mit dem Finger rum.

Er musste sein Reich, den Putzraum, noch für ein schickes Essen herrichten! Eile war geboten. Wie ein Wirbelwind dekorierte er den kleinen Raum mit so viel Weihnachten, wie er irgendwie auftreiben konnte.

Mist! Schon zwei Minuten nach sieben! Hoffentlich gehörte sie nicht zu den extrem überpünktlichen Menschen und er versaute mit seinem verspäteten Auftritt schon alles! Heute war er echt nie zur richtigen Zeit am richtigen Ort!

Gehetzt lief er zurück ins Foyer. Oh! Sie war gerade in der Drehtür! Mit ihrem kerzengeraden, zielstrebigen Gang stach sie deutlich hervor. Für einen Moment achtete er nicht mehr darauf wohin er lief. Oh oh! Die Weihnachtsdeko! Schlitternd kam er zum Stehen. Zu spät.

Peinlich landete er zwischen all den Geschenken. Über ihm stießen ein paar der Christbaumkugeln klirrend aneinander. Oh nein! Die stolze Tanne würde doch jetzt nicht fallen! Oder?! Ein bisschen wackelten die Äste, doch mehr auch nicht. Nochmal Glück gehabt.

Als er wieder nach vorne schaute, stand sie mit hochgezogenen Augenbrauen vor ihm. So hatte er sich seinen Auftritt nicht vorgestellt...

Schnell sprang er wieder auf die Füße, setzte sein bestes, entwaffnendes Lächeln auf und stellte sich vor: „Ich bin übrigens Sebastian." „Mia", höflich schüttelte sie seine freundlich ausgestreckte Hand. Sein Händedruck war warm und angenehm, nicht so ein fieser Schraubstock wie bei vielen ihrer Kollegen und auch nicht so wabbelig-kraftlos-tot, einfach genau das perfekte Mittelmaß.

„Ich habe ein Geschenk für Sie", verkündete er und deutete mit einer ausladenden Handbewegung auf die leicht verrutschten Geschenke unterm Tannenbaum.

Fragend schaute sie auf die Deko und dann wieder zu ihm. „Sie müssen es suchen", frech zwinkerte er ihr zu.

Zögerlich ging Mia in die Hocke. „Kleiner Tipp. Es ist rot", raunte er ihr zu. „Die Hälfte dieser Geschenke ist rot", erwiderte sie mit einem fast schon genervten Blick, der jedoch gleichzeitig irgendwie entspannter wirkte als ihr bisheriges Auftreten... persönlicher.

Beim dritten Versuch schnappte sie sich das richtige Geschenk. Gespannt wartete er auf ihre Reaktion. Zuerst wollte sie schon den Deckel wieder draufsetzen, doch dann runzelte sie die Stirn und sah genauer hin. Auf dem Kartonboden lag ein dickes, weißes Blatt Papier.

Neugierig hob sie es hoch und betrachtete auch die andere Seite. Überwältigt klappte ihr die Kinnlade runter. Dort war eine Bleistiftzeichnung von ihr, wie sie im Zimmer gestanden und ihn auffordernd angestarrt hatte. Es sah so realistisch aus…

Allerdings hatte er auch ein bisschen seine Fantasie spielen gelassen: Ihre Füße verschwanden in plüschigen Hausschuhen mit Rentierhörnern, hinter ihr sah man den Schriftzug „All I want for Christmas is you" im Luftballon-Stil und über ihrem Kopf baumelte ein Mistelzweig.

„Das ist… ich… es ist einfach wunderschön. Danke", Mia konnte es kaum glauben, dass sich dieser Fremde so viel Arbeit für sie gemacht hatte. Und er hatte sogar richtig Talent! Ihr fehlten die Worte. Wunderschön, war noch nicht ansatzweise genug.

„Darf ich Sie zu unserem Tisch führen?", wie ein Gentleman bot er ihr den Arm an. „Sie haben einen Tisch reserviert?", überrascht schaute sie den Künstler an. „Sie werden sehen", drückte er sich um eine genaue Antwort. Das sollte seine zweite Überraschung werden.

Als sie weiter ins Hotel gingen statt wieder hinaus, warf Mia ihm einen verwirrten Seitenblick zu. Schließlich hatten sie den großen Putzraum erreicht. „Da wären wir", stolz öffnete er die Tür und präsentierte ihren Tisch.

Als Beleuchtung dienten Lichtergirlanden und durch das leicht dämmrige, weiche Licht, wirkten die Eimer und Besen sogar fast schon elegant. Der Tisch war aus Plastik und von glitzernd rotem Geschenkpapier als Tischdecke verziert. Dazu noch ein paar Tannenzweige in der Mitte. Mehr hatten seine einfachen Mittel nicht hergegeben, doch sie war wie verzaubert.

Mittlerweile hatte Thorsten auch das Essen gebracht. Eine bunte Mischung aus allerlei Häppchen. Und natürlich alles schön weihnachtlich verziert und angerichtet. Da sollte auf jeden Fall auch etwas für Mia dabei sein.

Für die Musik musste Sebastians Handy herhalten. Passenderweise machte er seinen absoluten Weihnachts-Ohrwurm an und vervollständigte damit diese gemütliche, schlichte Weihnachts-Atmosphäre.

Mit einem gedankenverlorenen Lächeln hörte sie für einen Moment einfach nur auf die Musik. Dann betrachtete sie das Bild in ihren Händen, ihr Geschenk unterm Weihnachtsbaum und den Künstler, der das alles erschaffen hatte. „Wollen Sie sich nicht setzen?", immer noch ganz der Gentleman zog er ihren Stuhl vom Tisch.

Die Sängerin hatte Recht, wer brauchte schon Geschenke unterm Weihnachtsbaum, wenn es eine ganz besondere Person gab?

Ihr Verstand verlor sich in diesem traumhaft weihnachtlichen Moment und ihr Herz übernahm die Entscheidung.

„Danke", lächelnd hauchte sie ihm einen Kuss auf die Wange. „Wofür?", fragte er irritiert und wurde sogar ein bisschen rot.

„Für alles", meinte sie nur glücklich und nahm auf dem Stuhl Platz, den er ihr anbot.

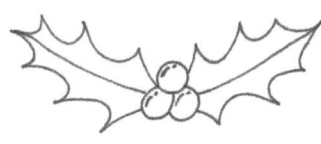

3

Feliz Navidad

Laut rumpelte es im Wohnzimmer. „Ich liebe dich. Lecker, lecker Essen. Ich liebe dich. Keeekse. Kekse!", gurrte eine nicht wirklich menschliche Stimme. „Curry! Was hast du schon wieder gemacht?", fragte Sina anklagend und brach das Sortieren der Wäsche ab, um nach dem Rechten zu sehen.

„Ich liebe dich! Ich liebe dich!", gluckste der gelbe Wellensittich ziemlich unverständlich. Sina hatte ihn zu Unrecht verdächtig. Und sogleich meldeten sich auch die wahren Schuldigen. „Mau", Chili setzte ihre beste Unschuldsmine auf. Schnurrend kam auch Muskat zu ihr und strich ihr schmeichelnd um die Beine. Die beiden Samtpfoten wollten sie wohl mit ihrem Charme bestechen, dabei war ihre Tat offensichtlich.

Nelios alte Gitarre lag auf dem Boden. Mit einem nostalgischen Lächeln hob sie das in die Jahre gekommene Instrument hoch. Von der Sonne waren die Aufkleber auf dem hellen Holz schon deutlich verblichen, aber die Erinnerungen dahinter waren immer noch so kräftig wie am ersten Tag.

Gedankenverloren strich sie über den früher mal lila-gelben „Be happy"-Sticker, den sie Nelio damals geschenkt hatte, als er als Austauschschüler an ihre Schule gekommen war. Und später den fröhlichen, mit Blumen verzierten „Stay positive"-Aufkleber, der bei ihrem ersten Date dazugekommen war. Oder der grinsende Katzen-Aufkleber, den sie ihm per Post nach Hause nach Spanien geschickt hatte. Das Herz natürlich nicht zu vergessen, als er wiederkommen war.

Aber die Sticker erzählten mehr als nur ihre Geschichte. Da war der lächelnde Smiley, bei dem man kaum noch das Gesicht erkennen konnte. Damals als er die Gitarre von seinem Vater bekommen hatte, hatte er diesen Sticker aufgeklebt, eine Art Beweis, dass dieses Instrument jetzt zu ihm gehörte.

Kurz unter dem Gitarrenhals war die nicht mehr ganz schwarze Stier-Silhouette zu erkennen, die für Spanien so typisch war. Die hatte Nelio von seinem ersten Besuch in Madrid, wo er auch in den Straßen gespielt hatte und von seinen Einnahmen hatte er sich diesen Andenkens-Aufkleber und ein Eis gekauft.

So viele schöne Erinnerungen. Aber ihr absoluter Liebling war das kleine, dicke Rentier, das damals am letzten Schultag vor den Weihnachtsferien dazugekommen war. Obwohl es an diesem Tag nervigen Schneeregen gegeben hatte und alles so nass und kalt gewesen war, waren ihre Erinnerungen daran voller Wärme.

Sie konnte ihn fast schon sehen, wie er in der zweiten Reihe neben den Chaos-Jungs saß und seine geliebte Gitarre auspackte. Der kleine Weihnachtsmarkt auf dem Schulhof, den es sonst immer gegeben hatte, war abgesagt worden. Warum genau wusste sie gar nicht mehr. Und um wenigstens für ein bisschen weihnachtliche Stimmung zu sorgen, hatte er angefangen zu spielen.

Auswendig hatte er Feliz Navidad angestimmt und es war zauberhaft gewesen ihm zuzuhören. An diesem Augenblick war nichts Spektakuläres oder Außergewöhnliches, aber gerade in dieser Schlichtheit lag die Magie. Das war der Moment gewesen, in dem sie sich in ihn verliebt hatte.

Klackend wurde die Wohnungstür geöffnet. „Ich liebe dich! Ich liebe dich!", Currys euphorische Begrüßung ging in ein fröhliches Zwitschern über.

Mit freudig aufgestellten Schwänzen trippelten Chili und Muskat sofort in den Flur, um den Ankömmling zu begrüßen.

„Hallo meine Süßen!", seine Stimme war ganz warm und als sie auch den Kopf aus dem Zimmer streckte, konnte sie sehen wie Nelio in die Hocke gegangen war und die beiden Katzen kraulte.

Lächelnd lehnte sie sich an den Türrahmen und schaute ihm einfach nur zu.

Schließlich richtete er sich auf und bemerkte sie.

„Noch eine Süße, mi amor", auf seinem gebräunten Gesicht lag dieses umwerfende Grinsen.

„Weißt du noch?", ein wenig gedankenverloren

hob sie die Gitarre hoch und strich einmal über die Saiten.

„Meinst du damals in der Schule?", wusste er sofort woran sie dachte und kam mit seinen fast schon schwerelosen Schritten auf Sina zu. „Ja", bestätigte sie und bekam ihr Lächeln gar nicht mehr aus dem Gesicht.

„Gib mir die Gitarre", verlangte er mit weicher Stimme und streckte den Arm aus. Schlagartig war ihre verträumte Stimmung verpufft und sie wich frech ins Wohnzimmer zurück. „Was soll das?", fragte er halb irritiert, halb angesteckt von dem spaßhaften Funkeln in ihren Augen. „Du hast nicht Bitte gesagt", herausfordernd wedelte Sina mit der Gitarre.

Das ließ er sich nicht zweimal sagen. Schnell hechtete Nelio nach vorne, doch sie wich flink mit einem kleinen Sprung zur Seite aus. „Toro! Toro!", rief sie lachend und tat so als wäre die Gitarre ihr rotes Tuch. „Stellst du mich gerade als Stier dar?", vorwurfsvoll stemmte er die Arme in die Hüfte und zog die Augenbrauen hoch.

Ohne zu wissen, was genau sie darauf erwidern konnte, öffnete sie ihren Mund. Plötzlich packte er sie und warf sie einfach über die Schulter. Über-rascht gluckste sie und lachte dann auf.

„Lass mich runter!", befahl sie wenig ernsthaft und klopfte ihm auf den Rücken. Schelmisch erwiderte er: „Wie heißt das Zauberwooooohhpf!" Chili war ihm direkt vor die Füße gelaufen und er war voll über sie gestolpert.

Rumpelnd landete die Gitarre schon zum zweiten Mal auf dem Boden und mit einem dumpfen Aufprall die beiden Scherzkekse direkt daneben. Für einen Moment war Sina komplett überrumpelt, dann fing sie wieder an zu lachen. Unbeschwert stieg Nelio mit ein und stützte sich auf die Unterarme, damit er Sina nicht mehr mit seinem Körper plattdrückte.

Feindselig starrte Chili unterm Sofa hervor. Liebevoll blickte Nelio in Sinas Gesicht. Er liebte ihre lebendig leuchtenden Augen, ihr helles Lachen, ihre befreite Art, einfach alles an ihr. Langsam beugte er sich zu ihr herab.

„Au! Hey!", rief sie auf einmal und verzog das Gesicht. Muskat hatte angefangen mit ihren Haaren zu spielen und das ziepte ordentlich. „Ich liebe dich!", gurrte Curry weiter. „Ich liebe dich auch", erwiderte Sina spaßhaft und stand auf. Doch Nelio wollte diesen zauberhaften Moment noch nicht aufgeben.

Mit einer Hand hob er die Gitarre auf, mit der anderen zog er Sina zu sich aufs Sofa. Bevor sie irgendwie reagieren konnte, fing er an zu spielen. Während der ersten paar Takte fröhlicher Melodie beugte er sich zu ihr rüber für einen kleinen Kuss. Und obwohl ihm die Musik schon in Fleisch und Blut übergegangen war, lenkte ihn dieser berauschende Herzschlag so ab, dass sich ein paar falsche Töne dazwischen mogelten.

Dann war der Gesang an der Reihe und er musste sich von ihr lösen, ansonsten wäre sein Gitarrenspiel wahrscheinlich auch ziemlich abstrakt geworden. Aber schon ihre Nähe reichte, um ihn glücklich zu machen.

Seine warme Stimme erfüllte den Raum und der liebevolle Klang der Musik ließ alles so viel strahlender werden. Verliebt kuschelte sie sich an ihn und schaute zu ihm hoch.

Das hier war so viel besser als das kleine weihnachtliche Gitarrenspiel in der Schule, denn an seiner Seite fühlte sie sich einfach zu Hause.

4

Little Drummer Boy

Scheppernd schlug Dominik mit dem Schneebesen auf den Topf. Dabei strahlte er wie ein König. Wütend riss Dora ihm den Schneebesen aus der Hand. Für einen Herzschlag war er total überrascht, leider war dieser Augenblick auch schnell wieder vorbei, schon verzog er das Gesicht und heulte auf wie eine Sirene.

Frustriert stöhnte seine große Schwester und verdrehte absolut genervt die Augen. „Dora! Lass deinen kleinen Bruder in Ruhe!", rief ihre Mutter aus ihrem Arbeitszimmer.

„Ich soll ihn in Ruhe lassen?! Hast du nicht den Krach gehört?! Er lässt mich nicht in Ruhe!", rechtfertigte sie sich empört.

„Dora!", kam die mahnende Antwort. „Das ist nicht fair! Ich muss für das Musical üben! So kann ich mich nicht konzentrieren!", beschwerte Dora sich und warf dem rot angelaufenen Schreihals einen bösen Blick zu. „Er will doch nur mitmachen", nahm ihre Mutter Dominik sofort in Schutz.

So war das immer! Mit einem aufgebrachten Schnauben pfefferte Dora den Schneebesen auf den Topf und stampfte aus der Küche. Nur einen

Moment später endete das ohrenbetäubende Geschrei und mit einem glücklichen Glucksen fing dieser Satansbraten wieder an auf den Topf zu schlagen, als wäre er eine Trommel.

Ihre Eltern ließen ihm wirklich alles durchgehen und sie war ihnen egal! Sauer zog sie sich in ihr Zimmer zurück und ließ sich aufs Bett fallen. Auf ihrem Schreibtisch lag noch der bunt markierte Text von „Little drummer boy", den sie für eine weihnachtliche Aufführung in Englisch lernen sollte.

Dora würde im Chor der Engel mitsingen, sie hatte sogar eine kleine Solopassage. Für diese Rolle hatte ihre Englischlehrerin sie extra ausgewählt, die meisten ihrer Klassenkameraden machten nur einfache Begleitmusik, aber sie nicht! Sie hatte einen wichtigen Teil!

Doch ihre Eltern interessierte ja mehr, welche zusammenhanglosen Wörter ihr kleiner Bruder brabbelte!

Traurig und wütend zugleich machte sie sich ganz klein und schlang die Arme um ihre Beine. Begeistert „musizierte" der kleine Trommler weiter und Dora presste sich die Hände auf die Ohren. Doch es brachte nichts, sie konnte ihn immer noch hören und jeder scheppernde Schlag war wie ein Stich.

Dominik bekam die ganze Aufmerksamkeit und konnte machen was er wollte, während sie alleine in ihrem Bett saß... ganz alleine... Brennend traten ihr Tränen in die Augen.

„Hey, Dora. Was ist denn los?", fragte ihr Papa plötzlich, kam ins Zimmer und setzte sich zu ihr aufs Bett. „Ihr habt Dominik viel lieber als mich", schluchzte sie mit tränenerstickter Stimme.

„Nein. Wir haben euch beide gleich viel lieb", versicherte er ihr und strich ihr über die Haare. Stumm schüttelte sie nur den Kopf und weitere Tränen kullerten aus ihren Augen. „Komm", meinte er sanft und umarmte die Kleine. Fest schloss Dora auch die Arme um ihn.

„Wir kümmern uns nur so viel um deinen Bruder, weil er noch so klein ist und das alles noch nicht alleine kann. Aber das heißt nicht, dass wir dich weniger lieb haben. Wir werden dich immer lieb haben. Und wir sind auch wirklich stolz, dass du bei diesem Musical mitmachst, mein kleiner Engel", sagte er mit aller Überzeugung und Liebe.

Mit einem kleinen Schniefen sah sie auf: „Übst du mit mir?" „Natürlich", warm lächelte er sie an. Sofort sprang sie vom Bett auf und schnappte sich die Textblätter. Doch dann zögerte sie.

„Und was, wenn ich den Text vor all den Leuten vergesse?", zweifelnd schaute sie auf all die Zeilen. Das war schon ganz schön viel...

„Ich glaube an dich. Und wenn du dich versprichst oder irgendetwas schiefläuft, ist das auch nicht schlimm. Das kann jedem passieren. Und deine Mama und ich werden dich trotzdem ganz doll lieb haben", versicherte er ihr und gab ihr einen kleinen Kuss auf die Stirn.

Augenblicklich waren all die Zweifel und die Traurigkeit wie weggeblasen. Eifrig nickte Dora und fing an ihren Text zu singen. Genau vier Wörter, dann verhaspelte sie sich.

„Mach weiter", sagte ihr Papa ermutigend und sie setzte wieder an. Nach vielem Holpern und Stolpern kam sie schließlich zum Schluss.

„Gut gemacht", lobte ihr Papa sie und zeigte beide Daumen nach oben. Auf einmal hörte sie auch ein Klatschen hinter sich. Überrascht drehte der kleine Engel sich um.

Sie war so konzentriert gewesen, dass sie gar nicht gemerkt hatte wie ihre Mama gekommen war und sich in den Türrahmen gestellt hatte. Im Arm hielt sie Dominik. Glucksend patschte auch er seine Händchen aneinander.

„Gruppenkuscheln!", rief ihr Papa plötzlich und schon drückte er sie alle zusammen. „Nein!", schnell wand sich die kleine Sängerin aus der Umarmung. Irritiert schauten alle sie an. Außer Dominik, der blickte quietsch vergnügt in der Gegend rum.

Hastig legte Dora das leicht verknitterte Blatt auf ihren Schreibtisch und schon stürzte sie sich zurück auf ihre Eltern.

„Ich hab euch lieb!", mit diesen Worten knuddelte Dora sie extra doll. Dominik klatschte ihr die Hand auf den Kopf, als wäre der jetzt seine neue Trommel. „Dich mag ich auch", meinte sie und sah zu ihrem kleinen Bruder auf: „Manchmal."

Spaßhaft drückte ihr Papa Dora einen Pups-Kuss in den Nacken. Prustend lachte die Kleine auf.

Lächelnd trafen sich die Blicke der Eltern über ihre Köpfe hinweg. Diese friedlichen, geborgenen Momente waren einfach unbezahlbar. Das waren die Momente in denen all der Stress und die Streitereien in den Hintergrund rückten. Einfach magisch.

5

It's the most wonderful time of the year

Mit einem kleinen, erschöpften Lächeln stellte Diana den Motor ab. Heute war wirklich ein langer und anstrengender Tag auf dem Polizei-Revier gewesen, dafür war es umso schöner endlich nach Hause zu kommen.

Vorsichtig stieg sie aus. Gestern war der Boden spiegelglatt gewesen und wenn der Laternenpfahl nicht in Greifweite gewesen wäre, hätte sie sich ordentlich abgelegt. Auch heute war nicht gestreut worden, der gefrorene Boden funkelte im Licht der Weihnachtsdeko.

Achtsam arbeitete sie sich bis zur Haustür vor. Triumphierend erreichte sie die dunkle Fußmatte. Unter ihren Stiefeln schaute ein kleiner, grinsender Sensenmann hervor, mit dem tollen, zweideutigen Spruch: „Bitte abtreten." Louise hatte wirklich einen leicht makabren Humor.

Plötzlich hörte sie von drinnen einen Schrei! „Louise!", rief sie panisch und ihre Finger waren so hektisch, dass sie den Schlüssel kaum ins Schloss gesteckt bekam. Mit tausend schrecklichen Befürchtungen im Kopf riss sie die Tür auf und stürmte in den Flur.

„Louise!", ihre Stimme überschlug sich vor Angst. Was, wenn ihr etwas passiert war?! Ihr durfte nichts passiert sein!

Bedröppelt kam eine weiße Gestalt aus der Küche getappt. „Louise?", jetzt war Diana eher verwirrt als besorgt. „Ich wollte das Mehl abwiegen und dann bin ich über die Teppichkante gestolpert und... ja", erklärte sie und zuckte einmal mit den Armen, was für eine kleine weiße Wolke sorgte.

Kopfschüttelnd fing die Polizistin an zu grinsen, schloss befreit die Haustür und durchquerte mit langen Schritten den Flur. „Ich mach das noch sauber", versicherte der tollpatschige Poltergeist schnell. Scheinbar erwartete sie schon eine Standpauke.

Doch statt über das Chaos zu meckern umfasste Diana ihr Gesicht und drückte einen Kuss auf ihre puderweißen Lippen. Bevor ihre Freundin überhaupt richtig reagieren konnte, löste sich die Ordnungshüterin von ihr.

„Ziemlich trocken", kommentierte sie grinsend. „Ich geb dir trocken!", schoss Louise prompt zurück und verwuschelte Dianas Haare, wobei sie natürlich das Mehl gründlich verteilte. „Hey!", lachte sie und wehrte sich spaßhaft.

Erst als Dianas Frisur an eine irre Oma erinnerte, ließ Louise von ihr ab.

„Was genau hast du eigentlich mit dem Mehl vor?", erkundigte sich die Polizistin und betrat den

Tatort, der bei der heimtückischen Teppichecke fast so aussah, als hätte es rein geschneit. Auf dem Tisch standen diverse Schüsseln, das Rührgerät, die Waage, eben klassisches Backzubehör. Ihre kriminalistische Kombinationsgabe sagte eindeutig: Louise backte.

„Ich mache Plätzchen", bestätigte ihre Freundin die naheliegende Vermutung: „Du hast schon fast alle weggegessen und es ist doch Nikolausabend." „ICH habe alle weggegessen? Wer hat denn den halben Teig genascht, bevor sie überhaupt im Ofen waren?", konterte Diana sofort: „Und was hat das Ganze mit Nikolausabend zu tun?"

„Die Plätzchen sind für die Kinder! Zum Nikolausabend!", antwortete die geisterbleiche Chaos-Bäckerin, als wäre das doch völlig selbstverständlich. „Du weißt schon, dass die Kinder am 31. Oktober um die Häuser ziehen und Süßes wollen, nicht am 5. Dezember", meinte die Ordnungshüterin und holte aus dem Abstellraum einen Wischmopp, um für Recht- und Ordnung zu sorgen.

„Das ist hier im Ort so ein Brauch. Die Kinder stellen ihre Stiefel vor die Haustür und alle Nachbarn, die wollen, können da dann Schnausereien und sowas reinstecken. Und ich finde als gute, liebe Nachbarn sollten wir das auch machen. Wir sind doch die freundlichen Lesben von nebenan", frech zwinkerte Louise ihr zu.

„Und was, wenn ein Kind davon eine Lebensmittelvergiftung bekommt?", musste sie mal wieder alles so schrecklich rational sehen. „Wenn es soweit kommt, kannst du danach ja die Spur der Plätzchen aufnehmen und den Täter ermitteln. Aber bis dahin backen wir", mit diesen Worten schnappte sich Louise den Wischmopp und lehnte ihn an die Fensterbank: „Wir sollten vielleicht erst putzen, wenn wir fertig sind."

„Na gut", gab Diana mit einem kleinen Seufzen nach. Sie konnte Louise so schlecht einen Wunsch abschlagen. „Perfekt", glücklich gab sie der Polizistin einen kleinen Kuss auf die Wange.

„Marshmallows", skeptisch hob Diana die Tüte vom Tisch hoch. „Ich dachte wir probieren mal etwas Neues aus", meinte das kleine Gespenst unbeschwert. „So wie zum Beispiel hübsche, wei-ße Wolken aus Mehl?", entgegnete die Polizistin mit hochgezogenen Augenbrauen.

„Du bist blöd!", Louise schupste sie leicht und ihr Lächeln war so wunderschön. „Und du bist ver-rückt!", konterte sie sofort, jedoch mehr liebevoll als schelmisch.

Ausgelassen fingen sie an zu backen. Wenn es nach Diana ging wurde sich streng ans Rezept gehalten, allerdings mischte ja auch Louise mit und die sah das Ganze etwas... kreativer.

Am Ende hatten sie Spezial-Butterplätzchen in Kreisform. Irgendwie waren ihre Ausstechformen nämlich unauffindbar gewesen und dann hatten ihre Gläser dafür herhalten müssen. Bei Louise verschwand wirklich alles irgendwie, irgendwann, irgendwo und Diana durfte dann danach fahnden.

Schon nervig, aber Louises Macken gehörte nun mal dazu und Diana würde sie um nichts in der Welt aufgeben.

Kaum, dass die Plätzchen in den Ofen geschoben waren, verschwand der Chaot ohne Vorwarnung im Wohnzimmer. „Louise?", fragend schaute Diana ihr hinterher. Was war jetzt schon wieder in sie gefahren?

Schon kam sie mit ihrer Trompete samt Notenständer angeflitzt. Allerdings hatte sie es so eilig, dass sie mit dem Notenständer klirrend gegen den Türrahmen knallte und ihr Notenheft mit einem dumpfen „Pflatsch!" zu Boden segelte.

Sofort bückte sich Diana und hob es auf. „Weihnachtslieder für die Trompete?", las sie mit hochgezogenen Augenbrauen vor. „Ja! Solange die Plätzchen am Backen sind, machen wir ein kleines Weihnachtslieder-Ratespiel!", verkündete Louise begeistert. Wo nahm sie nur diese grenzenlose Energie her?

„Es ist zwar nur eine Viertelstunde, aber wenn du willst, gerne", Diana wollte ihr nicht den Spaß verderben, doch sie konnte es sich genauso wenig verkneifen sie ein bisschen zurück auf den Boden der Tatsachen zu holen. „Fangen wir an", ließ sich die Trompeterin nicht beirren und schlug das Heft auf einer wahllosen Seite auf.

Ernst befeuchtete sie ihre Lippen und setzte das Instrument dann an. Nur hätte sie sich vorher besser ein wenig eingespielt. Der erste Ton klang ziemlich dünn und ihr Anstoß war eine Katastrophe. Doch nach diesem holprigen Start wurde es flott besser.

Wegen dem charakteristischen Rhythmus erriet ihre Partnerin das Stück jedoch schon nach dem dritten Takt: „Oh Tannenbaum! Das war leicht!"

Das nächste Lied würde eine härtere Nuss werden! Auf der Suche nach einer Herausforderung blätterte Louise durchs Heft.

Die waren halt alle so bekannt! Oh! Dieses würde doch super passen!

Überzeugt stimmte die Musikerin die weihnachtliche Melodie an, die zwar keine große Herausforderung war, dafür aber richtig Kindheitserinnerungen weckte. Gedankenverloren hörte Diana zu und fing an leicht im Takt zu wippen.

Obwohl man das fröhliche Kinderlied noch paarmal für die weiteren Strophen wiederholen könnte, setzte Louise nach dem ersten Durchgang das Instrument ab.

„Und?", herausfordernd schaute sie Diana an. „Ich hab's im Ohr, aber ich komm nicht drauf", meinte sie mit einem kapitulierenden Schulterzucken. „Du lässt mich gewinnen!", unterstellte Louise ihr mit zusammengekniffenen Augen. „Würde ich doch nie tun!", abwehrend hob sie die Hände.

Für einen Moment musterte die Musikerin sie noch zweifelnd, dann löste sie auf: „Es war Lasst uns froh und munter sein. Weißt du? Dann stell ich den Teller auf, Niklaus legt gewiss was drauf!"

Bei der kleinen Gesangseinlage ihrer Freundin konnte sich Diana nur schwer das Grinsen verkneifen. Ihr war es echt ein Rätsel, wie Louise Lieder auf der Trompete so sicher spielen konnte und dann beim Singen jeden Ton meilenweit verfehlte.

Ganz gelang es ihr wohl nicht, ihre Belustigung zu verstecken. Nach einem Blick in Dianas Gesicht fing Louise an beleidigt das nächste Lied zu suchen. „Hey…", setzte die Polizistin weich an, doch schon schmetterte sie das Stück ihrer Wahl. Wahrscheinlich hatte sie sich nur dafür entschieden, um ihr das Wort abschneiden zu können.

Auch dieses Mal konnte Diana das Lied schnell zuordnen, auch wenn es kein klassisches, deutsches Weihnachtslied war. Na gut, würde sie sich für ihre Freundin eben auch zum Affen machen. Gleiches mit Gleichem begleichen.

„It's the most wonderful time of the year!", sang sie laut und nicht gerade richtig und danach verließen sie die Textkenntnisse und es kam nur noch schiefes, wahlloses Lalalala. Ziemlich in der Mitte von der ersten Seite trafen sich ihre Blicke und sie mussten einfach losprusten, was bei der Trompete für einen reichlich seltsamen Laut sorgte.

„Oh!", fiel es Diana plötzlich ein und sie stürzte zum Backofen. Die Plätzchen waren schon ein wenig dunkel geworden, aber noch nicht verbrannt. Das war gerade nochmal rechtzeitig gewesen.

Schnell zog sie die pinken Backhandschuhe über und holte die Bleche aus dem noch flimmernd

heißen Ofen. „Und jetzt die Mini-Marshmallows!",
rief Louise mit kindlicher Begeisterung und rupfte
die Tüte auf.

Bevor Diana sie abhalten konnte, hatte sie schon
den ersten schwammigen Tupfen auf das heiße
Plätzchen gedrückt. Die Temperatur reichte um
das Marshmallow ein wenig anzuschmelzen, sodass es fest auf dem Gebäck klebte.

„Komm! Mach mit!", forderte die Chaosbäckerin
sie fröhlich auf. Obwohl sie es reichlich seltsam
fand Weihnachtsplätzchen mit Marshmallows zu
verzieren, stieg Diana mit ein und drückte die
zuckrigen Süßigkeiten auf die Butterplätzchen so
lange sie noch warm waren.

Zur Krönung schmolzen die beiden freundlichen
Lesben aus der Nachbarschaft noch Schokolade
und verzierten die etwas speziellen Plätzchen mit
einem kleinen Muster.

„Denkst du das Zeug schmeckt?", mit schief gelegtem Kopf betrachtete Diana ihr Werk. „Probieren wir doch mal", kurzerhand griff sich Louise
ihre Kreation und hielt es direkt vor Dianas Nase.

Vorsichtig biss sie ein Stückchen ab, gefüttert zu
werden hatte sie schon immer ein bisschen komisch gefunden und nicht so romantisch, wie es
die meisten darstellten. Sie kam sich dabei immer
so ungeschickt und dämlich vor. Man konnte wohl
nicht elegant essen oder zumindest fühlte es sich
nicht so an.

Langsam nickte sie, während sie kaute. Zufrieden
stopfte Louise sich die andere Hälfte in den Mund.

„Spielen wir Nikolausi!", ein paar Krümel flogen aus ihrem Mund. „Mit vollem Mund spricht man nicht!", meinte Diana spaßhaft tadelnd. „Ja. Mutter", grinsend rollte Louise mit den Augen.

Schnell teilten sie ihre Spezial-Plätzchen auf kleine Tütchen auf und schon konnte es losgehen. Wie zwei Kriminelle schlichen sich die beiden mit einem verdächtigen Korb raus und huschten von Haus zu Haus. Es gab wirklich alle verschiedenen Arten von Schuhen. Gummistiefel mit Teddybärenaufdruck, pinke gepolsterte Glitzerstiefel, die bei Bewegung blinkten, übergroße, plüschige Frosch-Hausschuhe und sogar einmal richtige rote Weihnachtsstiefel.

Für sich selbst hatten sie noch genau zwei der weihnachtlichen Gebäcke aufgehoben. Kichernd machten sie sich auf den Nachhauseweg. Plötzlich ging ein Bewegungsmelder los und das Licht flutete auf die beiden wie ein verräterischer Scheinwerfer.

Ertappt sprinteten die beiden los und erwischten eine fiese, glatte Stelle. Überrumpelt griffen sie nacheinander um Halt zu finden, blöd nur, dass sie beide stürzten. Hart trafen sie auf dem eisigen Boden auf. „Au", stöhnte Diana auf und Louise fing an fast schon hysterisch zu lachen.

Wie ein kleiner Schlitten rutschte der Korb weiter und sorgte für ein kleines Rascheln, als er gegen die nächste Hecke stieß. Doch schon im nächsten Moment verstummten die gefrorenen Äste wieder. Alles war so still. Über ihnen spannte sich klar der

Sternenhimmel und ihr Atem bildete blasse Wolken. Verstohlen berührten sich ihre Finger und verschränkten sich ineinander.

„Weißt du was?", flüsterte Diana leise. „Was?", fragte sie in der gleichen Lautstärke. „Mit dir ist jeder Moment der wundervollste im Jahr", wisperte sie und dachte an dieses spontane, witzige Konzert in der Küche.

Wie konnte man gleichzeitig so unromantisch und so süß sein?

Louise fand nicht annähernd die richtigen Worte und so entschied sie sich einfach ihre Lippen sprechen zu lassen und dieser Kuss vertrieb fast die Kälte des Winters.

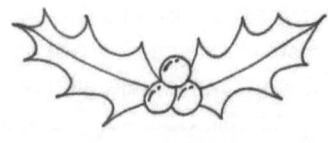

6

Santa Claus is coming to town

Lachend trank Natalie noch einen Schluck Glühwein. „Wenn ich du wäre, würde ich auf einem Bein springen und dabei gackern wie ein Huhn", kicherte sie ausgelassen. Schon klar, das war voll ein Spiel für besoffene Teenager, aber nur besoffen reichte auch. War doch egal, dass sie eigentlich viel zu alt dafür waren.

Aufgedreht stellte Sabrina ihren Pappbecher mit Glühwein auf den Rand vom Brunnen und nahm die Herausforderung an. Ziemlich wacklig hüpfte sie herum und gab dabei eine Art gackerndes, atemloses Lachen von sich. Das sah so albern aus!

Natalie kicherte hemmungslos und schüttete sich dabei ein bisschen von dem warmen Glühwein über ihre Wollhandschuhe, die ihre Oma letztes Jahr für Weihnachten gemacht hatte. Aber gerade war ihr das egal. Alles war einfach nur witzig!

Immer noch leicht hühnerartig lachend beendete Sabrina ihre Darbietung und hob ihren Becher wieder vom Brunnenrand hoch. Dabei kam ihr die perfekte Idee für die nächste Aufgabe: „Wenn ich du wäre, würde ich meinen Kopf in den Brunnen stecken und unter Wasser laut schreien."

Entschlossen stellte Natalie ihren Becher dort ab, wo eben noch der ihrer Freundin gestanden hatte. Sie war sogar noch geistesgegenwärtig genug zuerst ihren dicken Schal auszuziehen, damit er sich nicht gleich mit Wasser vollsaugte.

„Los! Los! Los! Los!", feuerte ihre Freundin sie an. Tief atmete Natalie ein und tauchte ihren Kopf dann in das kalte Nass. Mit aller Kraft schrie sie und tausend Wasserblasen blubberten ihr unangenehm ins Gesicht. Brennend lief das Wasser in ihre Nase und auch ihr rechtes Ohr war betroffen.

Prustend richtete sie sich wieder auf und bei der ruckartigen Bewegung flogen die Tropfen nur so durch die Luft. Ihre dunkelbraunen Haare wirkten durch die Nässe schon fast schwarz, das Wasser tropfte von ihrer Nasenspitze und ihre Schminke war um die Augen ein wenig… besonders.

Sabrina kriegte sich kaum ein vor Lachen. Na warte! Mit der nächsten Aufgabe würde sie es ihrer Freundin zeigen!

„Wenn ich du wäre, würde ich so laut ich kann Santa claus is coming to town von Jackson 5 singen", verkündete sie und wrang ihre Haare aus. Scheiße war das kalt! „Was für ein Lied?", fragte ihre Freundin und legte irritiert den Kopf schief.

„Santa claus is coming to town", wiederholte Natalie verständnislos: „Kennst du das etwa nicht?"

„Nö", mit einem kleinen, glucksenden Kichern zuckte sie mit den Schultern. So leicht würde Natalie sie nicht vom Haken lassen! Schnell zückte sie ihr Handy und hatte ruck zuck in ihrer Weihnachtsplaylist das Lied gefunden, noch flott die Kopfhörer reingesteckt und die Lyrics gegoogelt.

„Also?", herausfordernd drückte sie ihrer Freundin das Handy in die Hand. Breit grinste Sabrina und steckte sich, motorisch nicht mehr ganz auf der Höhe, einen Kopfhörer ins Ohr. Nur eine Sekunde später grölte sie los. Der Text war falsch, der Rhythmus war falsch, man konnte es eigentlich kaum als das erkennen, was es darstellen sollte, aber zumindest sang sie mit voller Leidenschaft.

Einige Weihnachtsmarktbummler warfen ihr skeptische Blicke zu. Doch davon ließ sie sich nicht beirren. Sie schmetterte eine Strophe nach der nächsten und beim Refrain stimmte beim zweiten Mal sogar der Text, wirklich erkennen konnte man es trotzdem noch nicht. Allerdings ging es ja auch gar nicht darum.

Voller Selbstbewusstsein zog sie das ganze Lied durch und zum Abschluss vollführte sie sogar noch eine kleine, selbstironische Verbeugung. Spaßhaft jubelte Natalie auf und klatschte ihr euphorisch Beifall.

„Wenn ich du wäre, würde ich Santa küssen", verschmitzt setzte sie den Becher mit Weihnachtspunsch an und trank ihn auf Ex. „Häh?", verstand Natalie nur Bahnhof. War ihre Freundin etwa schon so betrunken, dass sie anfing zu halluzinieren?

Mit einem Kopfnicken deutete Sabrina nach vorne, also quasi hinter Natalie. Verwirrt drehte sich diese um. Für einen Moment stand sie vollkommen auf dem Schlauch und starrte ratlos auf das geschäftige Treiben des Weihnachtsmarkts. Und dann sah sie ihn.

Eigentlich war er kaum zu übersehen. Die auffällige Kleidung, scharenweise Fans. Sankt Nikolaus war eingetroffen. In ihrem Heimatort hatte Natalies Vater es früher immer gemacht und als kleines Kind hatte man ihn mit dem falschen Bart, der weißen Perücke, der roten Bischofsmütze und allem gar nicht erkannt oder zumindest nicht erkennen wollen.

„Ich soll den Nikolaus küssen?", unsicher schaute Natalie zu ihrer Freundin. Vielleicht lag es an der kalten Dusche, die ihren Kopf klarer werden gelassen hatte oder vielleicht auch an all den unschuldigen, kindlichen Erinnerungen, die wieder hochkamen... irgendwie kam ihr diese Aufgabe falsch vor.

Schon allein die Vorstellung jemanden zu küssen, der ihr Vater sein könnte! Nein! Das ging nicht!

„Traust du dich etwa nicht?", stichelte Sabrina frech. „Das ist es nicht... Es ist... Der Nikolaus", fiel ihr selbst keine wirklich logische Erklärung ein.

„Ja, der Nikolaus", wiederholte ihre Freundin und wartete offensichtlich darauf, dass da noch was kam. „Da sind momentan so viele Kinder. Das kann ich nicht bringen", meinte Natalie und fühlte sich extrem unwohl... und kalt.

Um sich zu wärmen, trank sie noch ein bisschen Glühwein. Ja, schon gleich viel besser.

„Komm schon! Ich spendiere dir dann auch noch einen Glühwein", versuchte Sabrina hartnäckig sie zu überreden. Natalie zierte sich immer noch. „Hey, ich hab gerade sehr laut und sehr falsch dieses Lied gesungen", erinnerte sie ihre Freundin unnachgiebig.

„Gib mir eine andere Aufgabe", verlangte Natalie und leerte den Becher. „Na gut", gab Sabrina doch nach und sie musste auch gar nicht lange überlegen: „Wenn ich du wäre, würde ich meinen Stiefel ausziehen, zum Nikolaus gehen und ihn bitten da ein Geschenk reinzulegen, weil ich doch so artig war."

„Mit dem Nikolaus hast du es aber echt", meinte Natalie und rollte mit den Augen. Bevor ihre Freundin wieder mit dieser Mischung aus Überredungsversuchen und Meckern loslegen konnte, zog sich jedoch ganz artig ihren Stiefel aus. „Wuhu!", jubelte Sabrina ihr zu.

Eisig kroch die Kälte durch ihre Wollsocke, als sie ihren Fuß wieder auf den Boden stellte. Dabei fror sie doch eigentlich so schon genug. Kurz roch sie an ihrem Schuh und streckte ihn sofort von sich. Prustend lachte Sabrina los.

„Willst du auch mal riechen?", jetzt hatte sie die ausgelassene Stimmung wieder gepackt. „Nein", wehrte ihre Freundin ab, doch schon hielt Natalie ihr den Stinkstiefel direkt vors Gesicht. Schnell flüchtete Sabrina und Natalie lief ihr lachend hinterher.

Nachdem sie ihre Freundin zweimal spaßhaft um den Brunnen gejagt hatte, blieb sie atemlos stehen. In ihrem Kopf drehte sich alles ein wenig. Das war wohl doch ein bisschen zu viel Glühwein gewesen.

„Schnapp dir den Nikolaus!", auffordernd gab ihr Sabrina einen Klaps auf die Schulter. Mit einem kleinen Grinsen drehte sich Natalie wankend um und stiefelte los.

Irgendwie war gerade alles seltsam schwammig. Dieser Moment zog trüb an ihr vorbei und dann stand sie plötzlich direkt vorm Nikolaus. Scheinbar war sie so langsam rüber geschlurft, dass von den Kindern, die ihn belagert hatten, schon so gut wie alle mit einem kleinen Weihnachtstütchen versorgt waren.

Geduldig wartete sie bis auch noch die letzten ihr Geschenk bekommen hatten.

Dabei wünschte der verkleidete Mann jedem Kind mit einem warmen Lächeln „Frohe Weihnachten!" und irgendwie hatten seine Bewegungen so etwas an sich, sie waren so... ruhig und behutsam. Sie konnte es gar nicht richtig beschreiben. Und er war jünger als gedacht. Genau konnte sie es nicht sagen, aber da waren keine Falten, nein, er sah wirklich gut aus...

Auch das letzte Kind zog zufrieden ab. Jetzt stand sie da, direkt vor ihm, mit einem Stiefel in der

Hand und sah ihm tief in die Augen. Seine Augen... Von Weitem hatten sie braun gewirkt, doch da war auch ein gedecktes Grün am Rand, ein Waldgrün.

Sie versank in seinen Augen und träumte sich in einen Waldspaziergang im Sommer, mit dem frischen Geruch der Bäume in der Nase, dem warmen Gefühl der Sonne auf der Haut, dem federnden Waldboden unter den Füßen, Hand in Hand mit jemandem bei dem keine Worte nötig waren. Ein rundum glücklicher und befreiter Moment.

„Kann ich Ihnen helfen?", fragte der Nikolaus mit seiner wunderbar weichen Stimme und schaute etwas irritiert auf den Stiefel in ihrer Hand und ihre nassen Haare. Blinzelnd wachte sie aus ihrem Tagtraum auf. Was war noch mal die Aufgabe gewesen? Der Stiefel... Sie sollte den Stiefel...

Egal! Achtlos warf sie ihn hinter sich, schlang die Arme um seinen Hals und küsste ihn. Kitzelnd spürte sie die Haare des falschen Bartes auf ihrer Haut und es roch auch ein bisschen nach altem Kostümschrank, der mal dringend gelüftet werden sollte. Aber das machte ihr nichts aus.

Dumpf fiel der Bischofsstab auf den Boden.

Ein seliges Lächeln breitete sich auf ihrem Gesicht aus und sie schloss genussvoll die Augen. Seine Lippen waren genauso zart wie seine Stimme und er hielt sie in seinen Armen. Alles war so warm und kuschlig... Sie fühlte sich absolut geborgen.

Sanft schob er sie von sich und schaute in ihr Gesicht. Ein Wassertropfen lief ihr vom Haaransatz über die Stirn. Mit seinen behandschuhten Fingern strich er ihn weg. Natalie lächelte ihn einfach nur an. Er wusste gar nicht, was er sagen sollte.

„Kannst du mich bitte umarmen? Du bist so schön warm", ihre Worte klangen ein kleinwenig gelallt.

„Ähm...", er konnte spüren wie er rot wurde, was man unter dem Monstrum von Bart zum Glück nicht sehen konnte: „Sind Sie betrunken?"

„Hmmm... Ja", langsam nickte sie.

„Sie sollten etwas Warmes essen. Ich spendiere Ihnen Pommes", entschied er und als sie leicht anfing zu zittern zog er kurzerhand seinen roten Umhang mit den goldenen Verzierungen aus und legte ihn wie eine Decke über ihre Schultern.

„Danke", sagte sie mit diesem nicht ganz zurechnungsfähigen Lächeln.

Stützend legte er ihr den Arm um die Schulter und ging mit ihr zur Frittenbude seines Vertrauens.

„Hey Niko! Was hast du denn da für eine Schnecke?", anerkennend musterte sein großer Bruder Natalie. „Zimtschnecke", grinste sie und lehnte sich glücklich an ihren Nikolaus.

„Kann ich eine Portion Pommes für sie haben?", ging Niko nicht weiter darauf ein. „Kommt sofort", sagte er mit einem verschwörerischen Zwinkern.

„Ich muss mir mal kurz Natalie ausborgen!", mit diesen Worten tauchte Sabrina aus dem Nichts auf und zog ihre Freundin bestimmt am Arm.

„Ich bin gleich wieder da", grinste sie zu Niko hoch und blieb dann in ein paar Metern Entfernung mit ihrer Freundin stehen.

„Was war das?", fragte Sabrina sie mit einer Mischung aus Neugierde und Skepsis. Unbeschwert lachend zuckte Natalie mit den Schultern. „Das mit dem Mantel teilen, passt ja eher zu Sankt Martin, als Sankt Nikolaus", beurteilte ihre Freundin und musste bei dieser Feststellung auch grinsen.

„Ich gehe zu ihm zurück. Er gibt mir Pommes", Natalie strahlte ganz verzaubert. „Mit Fremden mitzugehen ist nicht artig!", meinte Sabrina tadelnd. Darauf fiel ihr keine schlagkräftige Erwiderung ein. Sie grinste einfach breit und tappte dann zurück zu ihrem Nikolaus.

Gerade als sie sich wieder an ihn kuscheln wollte, drückte er ihr stattdessen das warme Pappschälchen in die Hand. „Teil die mit deiner Freundin", sagte er mit diesem lieben, fürsorglichen Lächeln. „Aber ich will bei dir sein!", widersprach sie ihm mit großen Kulleraugen.

„Hier, das ist meine Nummer. Wenn du wieder nüchtern bist, kannst du gerne anrufen", mit diesen Worten drückte er ihr noch eine Serviette in die Hand und ging dann einfach. Überrumpelt und eine Spur verloren schaute sie ihm hinterher und flüsterte: „Das werde ich."

7

Ding Dong Merrily on high

„Bist du nicht eigentlich zu alt dafür?", fragte sein Cousin und zog eine Augenbraue hoch. „Spinnst du? Das ist ein Modellflugzeug vom roten Baron aus den Peanuts! Sogar mit Fernsteuerung! Dafür wird man nie zu alt!", widersprach Felix voller Begeisterung. „Du bist wie ein kleines Kind", beschwerte sich der Frauenheld und sah dabei zu wie der Comicfreak sich kindisch über sein Nikolaus-Geschenk freute.

Grinsend setzte Felix seine Fliegerbrille auf und verkündete: „Es ist perfektes Flugwetter. Zeit den Himmel zu erobern!" Wie peinlich! „Werde erwachsen", kommentierte sein Cousin und verschränkte die Arme vor der Brust.

Felix ignorierte ihn einfach und brachte das kleine Flugzeug in die Luft. Zuerst flog er noch sehr vorsichtig, dann kamen die ersten noch zögerlichen Kurven und bald schon verwegene Kreisel und Loopings.

Ziemlich desinteressiert beobachtete Marko das Schauspiel. Als Felix von einem Ereignis geredet hatte, das er sich unbedingt ansehen musste, hätte er sich denken können, dass es so ein Kinderkram war. Der Wind wehte ihnen das Läuten von Kirchenglocken zu. Vielleicht hätte er doch mit seiner Tante in die Messe gehen sollen. War zwar auch stocklangweilig, aber wer weiß, vielleicht hätte er dort einen unschuldigen Engel finden und ihr eine Lektion zum Thema Sünde erteilen können...

„Unerwartete Turbulenzen! Mayday Mayday! Wir verlieren die Kontrolle!", unterbrach Felix angespannt sein Kopfkino und wackelte wild mit der Steuerung rum. Fieberhaft versuchte der Pilot wieder auf Kurs zu kommen. Vergeblich. Hinter einem Hügel verschwand das rote Flugzeug und es folgte ein hoher, erschrockener Schrei.

Kurz tauschten die Cousins einen verwirrten Blick. Eine Frau? Schnell liefen sie los. Marko kam natürlich zuerst auf dem Hügel an und ihm wären die Augen fast aus dem Kopf gefallen. Nur einen Augenblick später konnte auch Felix den Grund für seinen Gesichtsausdruck entdecken.

Auf der Wiese standen zwei Frauen. Beide hatten ihnen den Rücken zugewandt und... nun ja... bei einer war die Hose am Po übel aufgerissen. Man konnte ihre schwarze Unterhose bestens sehen. Daneben lag der Modellflieger im Gras, scheinbar hatte er sie ausgerechnet dort erwischt...

Ups. Die zweite Frau drehte sich um und als ihr Blick auf die Cousins fiel, verfinsterte sich ihre Mine augenblicklich. Wenn Blicke töten könnten, wären beide auf der Stelle zum Teufel herabgefahren. Und Felix wäre es im Moment sogar sehr recht, im Erdboden zu versinken. Dass sie wie zwei Spanner gestarrt hatten, fuhr ihnen definitiv keine Pluspunkte ein.

Nun schaute auch die Frau mit der kaputten Hose zu ihnen. Sie hatte wirklich ein nettes Gesicht, nur der Ausdruck darauf war das genaue Gegenteil.

„Macho Marko", erkannte sie den Frauenheld wieder und ihre Stimme hätte eisiger nicht sein können.

„Heeey. Moni. Schön dich wiederzusehen", erinnerte sich auch er an sie und kam mit einem leicht verrutschten Grinsen näher. Eigentlich flirtete er mit allem was nicht bei drei geflüchtet war, doch dieses Mal hielten ihn die Todesblicke davon ab.

„Du kennst den Heini?", fragte die andere Frau.

„Ja. Er war auch mal im Orchester, für genau zwei Proben, so lange hat er gebraucht um jede Frau anzubaggern. Und das Saxophon hat er dabei regelrecht vergewaltigt, jeder Anfänger spielt besser", erzählte Moni abfällig: „Dieser billige Trick mit dem Flugzeug wundert mich bei dir echt gar nicht."

Wütend hatte sie das verunglückte Nikolausgeschenk vom Boden gepflückt.

„Stopp! Bitte vorsichtig! Das ist meiner!", meldete sich jetzt auch Felix zu Wort und kam mit erhobenen Händen angelaufen, als würde er sich der Polizei stellen wollen. „Und wer bist du?", wollte die Freundin mit zusammengekniffenen Augen wissen.

„Ich bin Felix, sein Cousin. Das mit dem roten Baron tut mir wahnsinnig leid, der Wind hat mich überrascht. Im Winter sind die Aufwinde nicht so top, aber das ist mein Nikolausgeschenk und ich musste es einfach testen. Ich wollte damit niemanden verletzen oder... sonst wie schaden", beteuerte der comicverrückte Pilot.

Mit neuem Interesse musterte Moni die Tatwaffe. Sie war so sauer gewesen, dass sie gar nicht gemerkt hatte, dass es der Flieger aus den Comics war. „Liest du auch Peanuts?", fragte Felix freundlich. „Ich hab die früher regelrecht verschlungen! Aber in letzter Zeit komme ich kaum noch dazu", antwortete sie eine Spur betrübt und dachte an diese sorglose, einfache Zeit zurück, als sie noch gar keine Verpflichtungen gehabt hatte.

„Ich finde, für die Sachen, die einen glücklich machen, sollte man sich immer die Zeit nehmen", meinte Felix überzeugt und strahlte dabei so eine zufriedene Wärme aus. Die Fliegerbrille auf seinem Kopf sagte eigentlich schon alles aus: Er hatte sich sein inneres Kind bewahrt. Und das bewunderte sie.

„Oh!", hatte er plötzlich einen Geistesblitz und fing an seine dicke Jacke auszuziehen: „Ich hab eine Idee für das Hosenproblem!" Unter der Jacke trug er noch eine langärmlige Stoff-Weste. Von vorne sah das graue Kleidungsstück eher unspektakulär aus, doch der Aufdruck hinten passte total zu Felix.

Dort waren Snoopy und Charlie Brown abgebildet, wie sie auf einem Holzsteg am See saßen. Über Charlies kahlem, runden Kopf hing eine Sprechblase mit den Worten: „Eines Tages werden wir alle sterben, Snoopy." Und sein außergewöhnlicher Hund erwiderte: „Stimmt. Aber an all den anderen Tagen werden wir es nicht."

„Das ist eine meiner Lieblingsweisheiten", meinte Felix mit einem leicht gedankenverlorenen Lächeln und hielt ihr das Kleidungsstück entgegen: „Hier. Du kannst es dir um die Hüfte binden, dann sieht niemand mehr, dass deine Hose kaputt ist."

„Danke", ziemlich überrascht von dieser Aktion nahm sie die Weste entgegen. „Das ist doch selbstverständlich", in seiner Stimme lag nicht ein Hauch Großspurigkeit.

Auf einmal erklangen bimmelnde Glöckchen und ein Geklimper wie von einer Harfe oder sowas. „Oh. Das ist meins", mit einem entschuldigenden Lachen fing Felix an in seiner Jackentasche nach seinem Handy zu kramen. Gerade als der Kinderchor einsetzte, fand er es zum Glück und nahm ab.

Was für ein peinlicher Weihnachtsklingelton! Marko konnte echt nicht glauben, dass er mit dem verwandt war!

„Hallo Mama!", begrüßte Felix die Person am anderen Ende der Leitung völlig ungeniert und nach einer kleinen Pause meinte er: „Nein, das haben

wir natürlich nicht vergessen… Ja. Er ist bei mir…
Natürlich… Ja… Alles klar… Hab dich auch lieb.
Bis gleich."

„Unsere Oma hat Kaffee und Kuchen gemacht.
Wir müssen jetzt los", informierte der Pilot sie
unbefangen. „Na dann", ein kleines Lächeln zuckte über Monis Gesicht. Diese Begegnung war
wirklich nett gewesen, auch wenn sie gar nicht so
angefangen hatte. Oh! Der Flieger! Sie hielt ihn ja
immer noch in der Hand!

„Der gehört dir", mit diesen Worten gab sie ihm
das rote Flugzeug zurück und für einen prickelnden Augenblick berührten sich ihre Finger. Moni
spürte wie ihr Gesicht die gleiche Farbe wie das
Flugzeug annahm und richtete nervös ihre Mütze.
Fassungslos schaute Marko die beiden an. In
diesen verdammten Orchesterproben hatte er
wirklich alles versucht, um die Nummer von diesem Sahneschnittchen zu bekommen und dann
attackierte sein dämlicher Cousin sie mit seinem
noch dämlicheren Modellflugzeug und sie flirtete
mit ihm als gäbe es kein Morgen! Was war mit der
Welt falschgelaufen?!

„Vielleicht sieht man sich ja mal wieder", verabschiedete sich Moni und zwinkerte sogar super
süß. „Ja", meinte er nur wenig geistreich und mit
einem dicken Grinsen, das in Markos Augen ziemlich belämmert aussah, schaute Felix der Frau
nach, die seine Weste um die Hüfte trug.

In der Weihnachtszeit wurde doch so oft von En-
geln gesungen. So stellte er sich einen Engel vor.

Herzlich, völlig unerwartet und auf diese unbeschreibliche Art zauberhaft. Irgendwie fühlte er sich durch sie so leicht, als könnten ihm jeden Moment Flügel wachsen und er würde geradewegs in den wolkigen, etwas trüben Himmel schweben.

Wenn man einen solchen Engel traf, durfte man ihn doch nicht einfach wieder gehen lassen! Dieses Treffen war schon ein riesiger Zufall gewesen, wie viele Zufälle konnte man da noch erwarten, um sich VIELLEICHT nochmal zu sehen? Felix wollte kein Vielleicht, er wollte ein Jetzt.

„Wartet!", rief er ohne groß nachzudenken. Irritiert blieben die beiden Frauen stehen. „Wollt ihr... Ähm... Ich meine, darf ich euch meine Handynummer geben? Ich könnte euch meine Comic-Sammlung zeigen und so. Oder wir machen etwas anderes... Wir hätten auch noch Kuchen und Plätzchen, die ihr essen könntet, als Entschuldigung quasi... so...", wagte er sich freiheraus.

Marko starrte seinen Cousin an als wäre er ein Alien. Was machte er da?! Man sagte einer Frau doch nicht, dass man ihr seine Comic-Sammlung zeigen wollte!

„Ähm...", eine gewisse Unsicherheit lag auf Monis Gesicht. Eigentlich sollte das hier ein netter, kleiner Spaziergang sein, kein Flugangriff mit Verpflegung hinter den feindlichen Linien.

„Ihr müsst natürlich nicht, wenn ihr nicht wollt", schob Felix bei ihrem Zögern schnell hinterher: „Ich will euch zu nichts drängen." „Nein. Das ist schon gut", sagte sie sofort und mit zwei langen Schritten stand sie direkt vor ihm: „Ich hätte gerne deine Nummer." Wieder grinste er so unverfälscht glücklich.

Snoopy hatte recht, an so vielen Tagen konnten sie leben und genau das wollte Moni tun, heute, in diesem Moment. Mit wild schlagendem Herz beugte sie sich nach vorne und drückte ihm einen kleinen Kuss auf den Mund. Wenn das ein Comic von den Peanuts wäre, würde jetzt groß „SMAK!" mit zwei kleinen roten Herzchen mittig über ihnen stehen.

„Ich freue mich schon auf die Comics und ein paar Plätzchen dabei", behaglich legte sie ihre Hand in seine und ihr ganzes Gesicht glühte. Total baff nickte er nur und schaffte es irgendwie sein Handy wieder anzuschalten (nach dem vierten Versuch, wie konnte man nur so daneben sein?).

Ungläubig starrte Marko sie an. Jetzt bekam sein trotteliger Cousin sogar noch einen Kuss?! Was?! Ohne ihn zu beachten gingen die beiden verträumt grinsenden Verrückten an ihm vorbei. Eine Spur widerwillig folgte ihnen die Freundin, doch statt ihn einfach zu ignorieren rempelte sie Marko ordentlich an.

„Ey!", beschwerte er sich total vor den Kopf gestoßen. Das war doch alles ein schlechter Scherz! Felix sollte angerempelt werden und er einen Kuss bekommen! So ergab das doch keinen Sinn!

„Ding Dong", meinte diese zickige Freundin nur.

„Häh?", er schaffte es nicht mehr seinen Charme

spielen zu lassen, die waren echt alle irre! „Anklopfen bringt nichts, klingeln nicht. Da ist wohl kein Verstand zu Hause", löste sie ihren schrägen Witz total trocken auf und zeigte ihm dann eisig die kalte Schulter.

Er hätte eindeutig in die Messe gehen sollen!

8

Rudolph, the red-nosed reindeer

Der Boden war steifgefroren. Knirschend knackten die mit Frost glasieren Halme bei jedem Schritt und der Atem bildete winterweiße Wölkchen. Fröstelnd zog er die Jacke enger um sich. Es war kalt, aber er hatte dem kleinen Abenteurer neben sich etwas versprochen: Santas Rentiere.

Mit roter Nase klammerte sich Erik an seine Hand. „Onkel Oleeeee! Wie weit ist es noch?", fragte der Junge schon leicht quengelnd. „Gleich sind wir da", versprach Ole ihm mit einem verschmitzten Grinsen. Sie durchquerten den kleinen Ort und dann waren sie da.

„Tadaa!", rief Ole und breitete stolz die Arme aus. Auf den ersten Blick sah es wirklich nicht spektakulär aus… Auf den zweiten auch nicht. Es war eine kahle, umzäunte Wiese mit einem Stall aus dunklem Holz.

„Aber hier sind doch nur die Rehe!", meinte der kleine Junge enttäuscht. „Nein. Das sind die Rentiere vom Weihnachtsmann, sie sind nur momentan in ihrer Tarnform", widersprach Ole ihm ver-

schwörerisch und voller Überzeugung. „Wirklich?",
in Eriks Augen hatte sich dieses kindliche Leuchten geschlichen. „Natürlich", bestätigte sein Onkel
vollkommen selbstverständlich.

„Sollen wir uns an den Zaun stellen und gucken,
ob wir welche sehen? Sie verstecken sich gerne,
um in Ruhe Weihnachtspläne zu schmieden",
geheimnisvoll zwinkerte Ole ihm zu. „Ja!", jubelte
Erik begeistert und lief voraus. „Pssst!", ermahnte
er den kleinen Abenteurer: „Wenn du zu laut bist,
merken sie doch, dass wir hier sind und verstecken sich wieder."

Richtig im Spionmodus nickte der Junge und
spähte über die Weide. Von den Rehen war keine
Spur. Meistens trieben sie sich am Waldrand rum
und mit ihrem braunen Fell waren sie da gut ge-
tarnt.

Astrid stand am Fenster und schaute auf die beiden herab. Sie kannte Ole noch von früher aus
der Schule. Er war der typische Klassenclown
gewesen und sie das picklige Mädchen in der
letzten Reihe, das von niemandem beachtet wurde. Der verrückte Ole, der sich für keinen Spaß zu
schade war... Unzählige Male hatte sie schon die
Augen über ihn genervt verdreht.

Aber wie er jetzt so liebevoll mit dem kleinen Kind
umging... Die Schule war schon lange her, ihm
sein Verhalten von damals nachzutragen wäre
kindisch.

Kurzerhand zog sie ihre Wintersachen an, griff
sich ihren speziellen Eimer und schnitt im Garten

noch frisch ein paar Brombeer- und Himbeerblätter. Locker schlendernd kam sie zu den beiden an die Weide.

Ole musterte sie mit einem nachdenklichen Blick. Scheinbar kam sie ihm bekannt vor, doch wirklich zuordnen konnte er sie offensichtlich nicht. Sollte er nur weiter grübeln.

Freudig kam der Hirsch auf sie zugestürmt. Vor Begeisterung und Überraschung wurden die Augen des Jungen ganz groß. „Hallo, Kumpel", begrüßte Astrid ihn und kraulte ihn sogar am Kopf. Mit einem Mal wirkte das scheue Tier ganz zahm. „Ja, das gefällt dir, Rudi", redete sie ganz vertraut mit dem eindrucksvollen Hirsch und gab ihm einige der frischen Blätter zu knabbern.

Zutraulich stapfte auch der Rest der Herde zu ihnen. In Oles Hirn arbeitete es immer noch angestrengt. Wer war diese Reh-Flüsterin?

„Bist du eine Weihnachtselfe?", fragte Erik sie ganz aus dem Häuschen. „Natürlich ist sie das", selbstsicher legte er ihr den Arm um die Schulter. „Ja. Wenn du willst darfst du sie mit diesen magischen Weihnachtssternen füttern", anbietend hielt sie dem verzauberten Abenteurer den Eimer hin und wurde dabei elegant Oles Arm los.

Strahlend griff Erik eine Handvoll von den kunstvollen Reh-Snacks. Sie erinnerten stark an Strohsterne, doch sie waren aus Heu und zwar einer grünen, sehr blattreichen, duftenden Sorte mit Luzernen, die war ideal für ihre behuften Freunde.

„Mach die Hand ganz flach", wies Astrid ihn fürsorglich an. Aufgeregt machte Erik genau das, was sie gesagt hatte. Etwas misstrauisch schnupperte ein Reh an seiner ausgestreckten Hand und schleckte dann mit seiner rauen Zunge darüber.

„Das kitzelt!", lachte Erik auf und einer der kunstvollen Faltsterne fiel auf den Boden. Doch die Waldbewohner hatten auch gar kein Problem damit, vom Boden zu mampfen.

„Wie heißen die?", wollte der Junge endlos begeistert wissen. „Das ist Dasher", fing Ole überzeugend an: „Und das sind Dancer, Prancer, Vixen, Comet, Cupid, Donner und Blitzen."

Astrid sah ihn mit hochgezogenen Augenbrauen an, doch sie verkniff sich dem Kleinen zu liebe jede Bemerkung.

„Komm! Wir singen ihre Hymne!", auffordernd stieß Ole sie in die Seite. „Nein, nein. Ich kann nicht singen", abwehrend hob sie die Hände und schlagartig machte es Klick. „Astrid?", fragte er mit zögerlicher Erkenntnis. Für einen Moment überlegte sie, sich als jemand anderen auszugeben, doch dann nickte sie einfach nur langweilig.

„Das ist ja ewig her! Du hast dich so verändert!", mit diesen Worten umarmte er sie kurz und klopfte ihr freundschaftlich auf den Rücken. „Du dich gar nicht", erwiderte sie eine Spur trocken. Sie war noch nie so der große Fan von Umarmungen gewesen

„Habe ich dich irgendwie verärgert?", fiel es ihm überraschenderweise auf. „Ähm... Ich steh nicht so auf... Körperkontakt", meinte sie etwas distanziert. „Oh! Entschuldigung!", sagte er sofort und er schien es ernst zu meinen. Augenblicklich rückte er ein Stück von ihr ab.

In einer anderen Sache ließ er jedoch nicht locker: „Lass uns singen! Gib dir einen Ruck!" „Ja! Wir singen alle gemeinsam!", jubelte Erik und Astrid gab mit einem resignierten Seufzen nach.

Im Chor setzten sie mit „Rudolph the red nosed reindeer" an. Die Strophen wurden größtenteils gesummt und Ole improvisierte eher als den Text sicher zu können. Und dann wurde der Refrain voller Inbrunst geschmettert, allerdings in drei verschiedenen Tempi und Rhythmen. Unterm Strich ziemlich chaotisch und die Rehe zuckten nervös mit den Ohren, doch es machte trotzdem tierisch Spaß.

Schließlich war ihr kleines Konzert vorbei. „Du bist wirklich eine schlechte Sängerin", flüsterte er ihr zu und sie rollte mal wieder mit den Augen. Typisch Ole. Jedoch hätte sie nie mit dem gerechnet, was er danach ergänzte: „Du bist einfach zauberhaft."

Meinte er dieses Kompliment ernst oder sollte es nur ein dummer Scherz sein? Er hatte so viel ernster und ehrlicher gewirkt als sonst...

„So. Das war's mit unserem kleinen Abenteuer. Wenn du dir eine Erkältung einfängst, macht mich deine Mama einen Kopf kürzer", und schon hob sich Ole seinen Neffen auf die Schultern. Astrid war immer noch zu verwirrt, um irgendetwas zu erwidern.

Nach den ersten paar Schritten drehte er sich nochmal um und sagte: „Danke, meine wundervolle Weihnachtselfe." Seinen Worten folgte ein kleiner Flugkuss... ganz ohne Körperkontakt.

Mit einem fast schon kumpelhaften Grunzen stupste der Hirsch sie an. „Ja, das war mal was du Rentier", immer noch überrumpelt tätschelte sie seinen Kopf.

9

Wonderful Chrismastime

„Simply havin' a wonderful Christmastime!",
schmetterte sie aus voller Brust und wirbelte wild
durchs Wohnzimmer. Mit ihren Socken schlitterte
sie über's Parkett, als wäre es eine Eislaufbahn.
„Simply havin' a wonderful Christmastime!", ihre
Stimme überschlug sich und sie schüttelte ihren
Kopf, dass ihre roten Haare wie Flammen tanzten.
„The party's on!", rief sie so laut sie konnte und
vollführte eine schiefe Pirouette. Sie fühlte dieses
Lied gerade richtig!

Plötzlich hörte sie ein lautes Klopfen. Erschrocken
fuhr sie zusammen und konnte fast schon ihr Leben an sich vorbeiziehen sehen. Aus der Stereoanlage wummerte immer noch ausgelassen das
Weihnachtslied, doch statt leidenschaftlich mit der
Musik zu schwimmen, hatte sie jetzt das Gefühl
davon überschwemmt zu werden.

Panik beschleunigte ihren Puls. Was war das für
ein Klopfen gewesen? Hatte sie es sich nur ein-
gebildet?

Ihr Blick fiel aufs Fenster. Scheiße! Da draußen
stand jemand! Zum Gruß hob er die Hand und

winkte kurz, doch sie konnte sich nicht erinnern ihn zu kennen.

Von ihrer Tanzeinlage und dem Riesenschreck ziemlich außer Atem schaltete sie die Musik aus und ging skeptisch zum Fenster. „Wer sind Sie?", fragte sie laut durch die Scheibe. Ein bisschen Glas würde einen Einbrecher zwar nicht aufhalten, aber trotzdem fühlte sie sich so wenigstens ein bisschen sicherer.

„Ich habe eine Pizza-Lieferung für Sie!", antwortete er und sein Atem hinterließ einen milchigen Fleck auf der Scheibe. Spontan malte er mit dem Finger auf die beschlagene Stelle einfach einen Smiley.

Da fand sich jemand offensichtlich sehr witzig. Er musste die Scheibe später ja auch nicht putzen. Na ja, um ehrlich zu sein, nahm sie es damit eigentlich selbst nicht so genau. Aber irgendwie hatte sie etwas gegen den Kerl. Immerhin hatte er sie eben beobachtet und das war schon ganz schön unangenehm. Dieser kleine Spanner!

„Ich habe keine Pizza bestellt!", entgegnete sie misstrauisch. Das klang doch wie eine bescheuerte Ausrede! Wenn er wirklich ein Pizzabote wäre, hätte er doch geklingelt! Oder war die Musik womöglich so laut gewesen, dass sie es einfach nicht gehört hatte?...

Seine selbstsichere Miene geriet leicht ins Wanken. „Aber die Adresse war Sodernach, Dorfstraße 9", meinte er mit einem Blick auf sein Handy.

„Das ist eine Verwechslung. Es gibt noch ein anderes Sodernach. So ein kleines Örtchen mitten im Nirgendwo. Etwa eine halbe Stunde Wald-Safari. Weniger Handyempfang als dort findet man selten", gab sie ihm fast schon eine Spur schadenfroh Auskunft: „Sind übrigens nur genau neun Häuser. Viel Spaß."

Pizzabote oder nicht, damit hatte sie ihn gekonnt abgewimmelt. Tja, nächstes Mal sollte er sich vorher besser informieren.

„Eine halbe Stunde?!", wiederholte er fassungslos: „Das ist ein Scherz, oder?" „Nö", mit neugewonnenem Selbstbewusstsein verschränkte sie die Arme lässig vor der Brust. „Echt?", konnte er es immer noch nicht glauben und langsam sah er so verzweifelt aus, dass er einem wirklich leidtun konnte.

Mit einem kleinen Seufzen räumte sie ihre Kakteen zur Seite und öffnete das Fenster. So konnte man sich viel leichter unterhalten. „Was hast du so dabei?", nahm sie sich ein Herz.

„Was?", verständnislos schaute er das rothaarige Energiebündel an. „Die Pizza, die du liefern sollst! Welche ist das?", formulierte sie es nochmal eindeutiger, in ihrem Kopf war das irgendwie klar gewesen. Vielleicht war er aber auch einfach nur dumm.

Nach einem kurzen Blick auf sein Handy antwortete er ziemlich irritiert: „Zweimal Chili-Salami, einmal Margerita und einmal Tuna mit extra Zwiebeln."

Plötzlich musste sie total loslachen und klang dabei genauso gurgelnd-hell wie ein kichernder Fuchs (hatte er letztens in einem Video gesehen). Schnaufend erklärte sie: „Diese Angeber! Chili-Salami! Welches Mädchen wollen die damit beeindrucken?! Die hecheln bestimmt wieder wie Hunde!"

So ganz schlau wurde er ja nicht aus dieser atemlosen Erklärung. Um ehrlich zu sein, verstand er kein Wort. Als sie das Fragezeichen in seinem Gesicht sah, griff sie durchs Fenster und legte ihm kurz die Hand auf die Schulter. „Ich regele das", meinte sie nur ernsthaft und verschmitzt zugleich.

Er hatte gar nicht die Zeit zu fragen, schon hatte sie ihr Handy gezückt und bei irgendwem angerufen.

„Hallo Looser!", begrüßte sie die andere Person grinsend: „Was ist das für ein Gefühl regelrecht atomatisiert zu werden?... Eine Revanche? Seid ihr so scharf darauf nochmal platt gemacht zu werden?... Ja, ja. Klar. Aber ihr solltet wissen, dass meine Beute soeben bei mir angekommen ist. Eure Pizza. Sie gehört jetzt mir... Hey! Ich hab fair gewonnen!... Du hast wohl zu viele Katzenhaare geschnupft! Dein Hirn ist ja schon voll verfilzt!... Gut! Sucht euch einen anderen Snack! Wir sehen uns gleich auf dem Schlachtfeld!"

Der Pizzabote wusste nicht so ganz was er davon halten sollte, geschweige denn was es überhaupt wirklich bedeutete.

Musste er jetzt nicht zu diesem anderen Sodernach fahren? War das nur ein Scherzanruf gewesen? War sie vielleicht sogar verrückt?

Mit feuriger Entschlossenheit verlangte sie von ihm: „Komm mit der Pizza zur Haustür." Sie wollte schon das Fenster schließen, doch er stemmte seine Hand gegen die Scheibe und hinderte sie somit daran. Zuerst wollte er ein paar Antworten haben!

Offensichtlich verstand sie die nonverbale Aufforderung, denn sofort erzählte sie ihm was Sache war: „Das war Ralf Wagner, aus der Dorfstraße 9 in Sodernach. Ich kenne ihn und seinen Bruder schon eine Weile, wegen genau so einer Verwechslungsaktion wie die hier. Wir zocken oft gemeinsam Moon Apocalyps und gerade eben hab ich sie richtig abgezogen. Außerdem mag ich scharfe Pizza und Tunfisch. Margarita ist mir eigentlich zu langweilig, aber da kann man ja noch nachträglich aushelfen. Also? Soll ich sie dir jetzt abkaufen, oder willst du deine kleine Weltreise antreten?"

„Moon Apocalypse? Du spielst wirklich Moon Apocalypse?", mit leuchtenden Augen schaute er sie an. „Was? Denkst du, weil ich eine Frau bin, kann ich das nicht?", entgegnete sie herausfordernd. „Nein! So war das nicht gemeint!", stellte er eilig klar: „Das ist nur mein absolutes Lieblings-Game."

„Tatsächlich?", bohrte sie mit hochgezogenen Augenbrauen nach: „Licht- oder Schattenseite?"

„Licht. Ich hab meinen Unterschlupf im Meer der Ruhe. Mein Mondfalter ist schon Level 24", gab er ihr ein kleines bisschen stolz Auskunft.

„Aha. Nett. Mit meiner Zentrifuge Level 51 kann ich das halluzinogene Gift des Mondfalters synthetisch herstellen, nur etwa zehnmal stärker. Mein Labor liegt auf der Schattenseite. No risk, no fun", erwiderte sie herausfordernd: „Ich hab noch einen zweiten Controller. Wollen wir es versuchen? Mit unserer Power schießen wir die Looser voll ins Traumland."

Das musste sie ihm nicht zweimal sagen: „Mach alles bereit! Ich hol die Pizza!" Feuer und Flamme sprintete er los und sie machte sich mit dem gleichen Eifer ans Werk.

Nach weniger als fünf Minuten saßen die beiden Gamer startbereit auf dem Sofa.

„Freddie Merkur?", las er ihren Spielernamen auf dem Fernseher. „Ich heiße Frederike, Freddie ist mein Spitzname. Und Merkur habe ich als Anspielung auf Freddie Mercury und wegen dem Planeten, immerhin ist das eine Cyber-Welt", erklärte sie ihm zufrieden: „Und du hast dir Jedi666 wahrscheinlich ausgesucht, weil du Star Wars Fan bist, oder?"

„Ähm... Jaaaa...", gestand er und wünschte inständig, er hätte sich etwas Kreativeres ausgedacht: „Aber du kannst mich auch gerne Henry nennen."

„Ach, ich finde Jedi666 geht total leicht von der Zunge", entgegnete sie ironisch und steckte sich ein Stück Chili-Salami-Pizza in den Mund: „Ich könnte dich natürlich auch Sechsi nennen."

„Sexy?", wiederholte Henry und spürte wie ihm das Blut ins Gesicht schoss. Fast hätte Freddie die Pizza wieder ausgespuckt: „Sechsi! Sechs-i! Die Zahl! Nicht das andere! Die Zahl!", verbesserte sie ihn schnell mit vollem Mund. Oh Gott war das peinlich!

Bevor sie weiterreden konnten, schalteten sich ihre Gegner ein und das Battle ging los. Lautstark verloren sie sich voll und ganz in diesem Gefecht. Fieberhaft stimmten sie sich ab und trieben die Wagner-Looser in die Enge. Und dann… „Buh ja!", rief Freddie und riss ihren Controller in die Luft. „Yeah!", schrie auch Henry seine Siegesfreude laut raus.

Voller Energie sprang Freddie auf und schaltete die Stereoanlage wieder an.

„Siegestanz!", verkündete sie nur und streckte ihm auffordernd die Hand entgegen. „Normalerweise mache ich das ja mit Queen, aber es ist Weihnachtszeit und ich liebe dieses Lied!", setzte sie noch leidenschaftlich hinterher und fing an im Rhythmus zu wippen.

„Na gut!", ließ er sich überreden, nahm ihre Hand und drückte einen schmatzenden Kuss auf ihren Handrücken: „Meine Mondkönigin." Aufgedreht lachte sie und vollführte spontan eine ihrer merkwürdigen Pirouetten.

„The moon is right!", sang sie aus voller Seele den Text mit und warf ihm dann einen Blick zu, der so viel bedeutete wie: „Dein Part!" „Ich kenn den Text nicht", gestand er mit einem zerknirschten Lächeln.

„Das ist egal!", entgegnete sie sogar im Rhythmus.

Wild tanzten sie los und im Refrain konnte selbst er mitsingen. Hemmungslos ließen sie einfach alles raus. Es war ihnen vollkommen egal wie bescheuert sie dabei aussahen. Das war ihr Siegestanz, sie waren die Herrscher des Mondes und die Welt war für diesen Moment ausgeschaltet.

Viel zu früh waren die dreieinhalb Minuten vorbei und ihr ausgelassenes Lied verklang einfach. Atemlos lag sie in seinen Armen und auch seine Atmung war ordentlich beschleunigt. Ihr Tanz hatte ihre Gesichter mit einem lebendigen Rot gezeichnet und ihre Körper glühten vor Hitze.

Immer noch total berauscht von diesem wilden Moment sah er sie an und ihre Lippen wirkten so verlockend...

Auch ihr Blick ruhte auf seinem Mund. Eine flimmernde Spannung lag über ihnen.

„Ich hab noch Hunger. Wir sollten die Pizza essen, bevor sie ganz kalt ist", meinte Freddie und irgendwie klang ihre Stimme rauer als sonst. „Ja, das ist eine gute Idee", stimmte er ihr abgelenkt von der Bewegung ihrer Lippen zu.

Wie in Zeitlupe trennte sie sich von ihm und machte einen Schritt auf den Wohnzimmertisch zu.

Plötzlich wirbelte sie zurück, fasste nach seinem Gesicht und küsste ihn leidenschaftlich. Heiß berührten sich ihre Lippen. Fest schlang er die Arme um seine Mondkönigin.

10

You make it feel like Christmas

Stumpf schaute Tiara aus dem Bürofenster. Noch
mehr graue Wolken, noch mehr ekliger Schnee,
noch mehr Frostwind. Der Winter war wirklich eine
scheiß Jahreszeit. Auch im Büro merkte man das
sehr deutlich, heute Morgen war nämlich ein
Heizkörper ausgefallen und es war widerlich kühl.
Und dann auch noch Überstunden, weil ein Kunde
zu blöd war die richtigen Daten zu schicken.
Ihre Stimmung könnte kaum trister sein.
Auf einmal legte jemand von hinten warm die Arme um sie und ein Kopf lehnte sich an ihren. „Was
hast du?", fragte Leonie sie mit ganz weicher
Stimme. „Ach nichts", antwortete sie nur trübsinnig
und griff verloren nach den tröstenden Armen. Es
war schön so gehalten zu werden.
„Willst du einen Lebkuchen?", machte Leonie
einen kleinen Aufheiterungsversuch. „Nein danke.
Es ist alles gut", lehnte sie mechanisch ab und
eigentlich sollte Tiara jetzt auch mal ihre Arme
abschütteln. Am Arbeitsplatz zu kuscheln war
unangebracht, auch wenn sie schon ewig be-

freundet waren, das gehörte sich schlichtweg nicht. Aber es fühlte sich einfach so gut an, so geborgen…

Plötzlich ging die Tür auf und ihr Kollege kam mit einer dampfenden Tasse Kaffee rein. Sofort versteifte sich Tiara und ließ Leonies Arme los. Man musste kein Psychologe sein, um zu merken, dass sie sich nicht wirklich wohl fühlte. Sanft zog Leonie ihre Arme weg und richtete sich auf.

Danach schlenderte sie zu ihrem Schreibtisch zurück und fing beiläufig an einen Lebkuchen zu essen. Mit einem vielsagenden Blick zwischen ihnen setzte sich auch ihr Kollege an seinen Platz. Ihm war der Moment zwischen den Beiden nicht entgangen. Aber da war doch überhaupt nichts gewesen! Oder?

Aufgewühlt checkte Tiara ihre E-Mails. Immer noch nichts. Sie hasste es, wenn sie Sachen nicht abschließen konnte, nur weil andere sich so viel Zeit ließen! Unruhig fing sie an mit dem silbernen Armband zu spielen, das Leonie ihr zum Geburtstag geschenkt hatte. An dem dünnen Kettchen hing ein kleines Krönchen, quasi eine Tiara für Tiara. Leonie war schon süß…

Gedankenverloren schaute Tiara weiter in die trübe Suppe draußen vorm Fenster und sie erinnerte sich an all die kleinen Augenblicke mit Leonie. Die flüchtigen Berührungen, die vertrauten Blicke, ihr freches Zwinkern, ihr warmes Lächeln… Leonie war von Anfang an für sie gewesen, als Freundin, als Vertraute.

„Willst du auch einen Kaffee?", fragte Leonie quer durchs Büro und riss sie damit aus ihren Gedanken. „Äh, ja, danke", brachte sie schnell hervor und schüttelte kurz den Kopf um wieder richtig im Hier und Jetzt anzukommen.

Woher kamen nur diese Gedanken? Ihre Freundschaft war immer so unkompliziert gewesen, so selbstverständlich. Was hatte sich geändert? Hatte sich überhaupt etwas geändert?

Mit ihrem Fuß kickte Leonie die Tür zu, in den Händen hielt sie ja die beiden Tassen. Laut fiel sie ins Schloss.

„Na?", auffordernd schaute Udo zu ihr rüber. Er stürzte sich mit mehr Begeisterung auf jeglichen Klatsch und Tratsch als jede gelangweilte Hausfrau, die ihr je über den Weg gelaufen war. Betont desinteressiert zuckte sie nur mit den Schultern. Sie würde ihm sicher nicht von ihren verwirrenden Gefühlen erzählen, damit er es in der ganzen Stadt herum posaunte. Nein, danke.

Doch natürlich ließ er sich so leicht nicht abwimmeln: „Zwischen euch funkt es doch schon ewig!" „Klar", konterte sie mit Ironie. „Ihr wärt so süß zusammen!", versuchte er es unerschütterlich weiter. „Nervst du eigentlich nur mich damit oder auch Leonie?", entgegnete sie mit hochgezogenen Augenbrauen. Udo machte schon Anstalten zu antworten, doch dann schloss er den Mund wieder und meinte nur: „Nein, das kann ich dir nicht sagen."

Wollte er sie damit nur ködern, oder steckte da tatsächlich etwas dahinter? Hatte Leonie vielleicht etwas zu ihm gesagt? Warum sollte sie mit ihm über sowas reden? Nein, das war bestimmt nur ein Bluff von ihm.

Die Zeit bis Leonie wiederkam zog sich so unglaublich in die Länge. Ungeduldig tippte Tiara alles Mögliche in eine Tabelle ein, um Udo zu signalisieren, dass sie zu tun hatte und spielte gleichzeitig an dem kleinen Armband weiter. Irgendwie war alles einfach so komisch!

Endlich ging die Tür wieder auf, doch es war nicht Leonie sondern der Hausmeister. Tiara versuchte sich ihre Enttäuschung nicht allzu sehr anmerken zu lassen. Freundlich nickte sie dem Mann für alles zu und richtete ihren Blick wieder auf den Klotz Arbeit, den sie nicht einmal erledigen konnte! Echt frustrierend!

Schwungvoll schlug die Tür wieder auf und dieses Mal war es wirklich Leonie. Ohne sich weiter um die offene Tür zu kümmern, kam sie sofort zu Tiara rüber und stellte die Tasse mit einem liebevollen „Bitteschön", vor ihr ab. Daneben legte sie völlig selbstverständlich ein kleines Päckchen saure Gummibärchen, das sie aus dem total überteuerten Snack-Automaten im Flur haben musste. Leonie machte immer so aufmerksame Kleinigkeiten für sie…

„Danke", murmelte Tiara, umschloss die warme Tasse mit ihren kalten Fingern und fuhr den geschwungenen Schriftzug nach: Chiara. Verträumt lächelnd versank sie wieder in die Erinnerung an ihren ersten Arbeitstag. Damals war Leonie für das kleine Begrüßungsgeschenk von der Firma verantwortlich gewesen und hatte ihr diese Tasse gekauft. Na ja, offensichtlich mit dem falschen Namen.

Als sie das gemerkt hatte, hatte sie sich sofort einen Edding gegriffen, das Ch durchgestrichen und ein fettes T darüber gemalt. Diese Verbesserung hatte genau zwei Spülgänge überlebt, aber immer wenn es drohte zu verblassen, erneuerte Leonie es. Tiara wusste nicht einmal warum, so schlimm war dieser kleine Fehlkauf schließlich nicht und Leonie hatte sich dafür auch echt ausgiebig entschuldigt.

Gleich als erstes hatte sie Tiara zum Snack-Automaten geschleift und darauf bestanden die Tasse mit Schnausereien zu überfüllen. Natürlich hatte sie sich ihre Lieblinge die sauren Gummibärchen ausgesucht und Leonie hatte sofort gewitzelt, ob das ein Wink mit dem Zaunpfahl war, um ihr zu zeigen, wie sauer sie wegen der Namensverwechslung war. Und da hatte ihre Freundschaft begonnen...

Nachdenklich riss sie die Gummibärchenpackung auf und stopfte sich die sauren Süßigkeiten in den Mund. Damals hatte Leonie den ersten Schritt gemacht, vielleicht war es dieses Mal an ihr... Aber so? Hier? Jetzt? Das war nicht der richtige Zeitpunkt und auch garantiert nicht der richtige Ort. Aber gab es das überhaupt? Einen idealen

Moment, in dem alles stimmte? Oder musste man sich selbst seine idealen Momente schaffen?

Klackernd machte sich der Hausmeister an der Heizung zu schaffen, Udo blätterte in den Seiten eines bunten Klatschblattes und Leonie tunkte fröhlich ihren Lebkuchen in den Kaffee.

Als hätte sie ihren Blick gespürt schaute sie auf und als sich ihre Blicke begegneten, lächelte sie sofort, so wie sie es immer tat und Tiara spürte diese Wärme, die das kalte Wetter draußen vollkommen unwichtig werden ließ.

War das Liebe? Sie hatte noch nie jemanden gehabt, niemanden der an sie gedacht hatte, der bei ihrem Anblick augenblicklich lächelte, der sich ihre Lieblingssnacks merkte, dem sofort auffiel, wenn sie mies drauf war und ihre Freude zurückgewinnen wollte…

Natürlich taten das auch Freunde auf ihre Art, aber Leonies Art war anders oder waren Tiaras Gefühle der Unterschied?

„Hey, Josef, hast du nicht einmal in einem Chor gesungen?", richtete sich Udo völlig aus dem Nichts an den Hausmeister. „Ich bin immer noch aktives Mitglied", antwortete er und richtete sich stolz auf. „Und ich habe immer meine Mundharmonika dabei. Im Internet gibt es bestimmt Noten", meinte der Tratschonkel des Büros und seine Tasten klapperten laut, als er regelrecht auf sie einschlug.

Was sollte das jetzt werden? Ratlos schaute Tiara zu Leonie, sie schien die Idee von einem spontanen Konzert ganz lustig zu finden.

„Hier hätte ich You make it feel like Christmas mit Text!", verkündete Udo ganz euphorisch und Josef kam zu ihm rüber gestapft. Aus seiner Schublade kramte ihr Arbeitskollege seine silberne Mundharmonika, mit der er bei jeder Gelegenheit angab, doch dieses Mal gab er nicht die Geschichte von seinem Weltklasseurlaub zum Besten, sondern meinte mit einem nicht gerade gut versteckten Kuppler-Grinsen: „Ihr könntet ja tanzen. Dann machen wir quasi unsere eigene, kleine Weihnachtsfeier."

Fragend schaute Leonie zu ihr rüber. Irgendwie war es nett und fies zugleich, dass sie ihr die Entscheidung überließ. „Warum nicht", meinte sie und das Herz schlug ihr bis zum Hals, fast so als würde sie etwas Verbotenes tun, eine kleine Sensation war es auf jeden Fall. Wann bekam man schon weihnachtliche Mundharmonika Tanzmusik im Büro?

Ein wenig nervös stand Tiara auf und der schüchterne, sicherheitsbedürftige Teil in ihr bereute die Entscheidung schon tierisch. Es wäre so viel leichter gewesen einfach abzulehnen. Aber jetzt noch einen Rückzieher zu machen, wäre feige und erniedrigend.

Mit langen Schritten kam Leonie zu ihr rüber und legte ihre Hände an Tiaras Hüfte. „Ist das in Ordnung?", flüsterte sie einfühlsam. „Ja", wisperte

Tiara verzaubert und platzierte ihre Arme einen Hauch zögerlich auf Leonies Schultern.

Etwas unorganisiert setzten Udo und Josef mit der musikalischen Untermalung ein. Die erste Strophe spielten sie als chaotischen Kanon, dann hatten sie ihren Takt gefunden und man konnte das ursprüngliche Lied sogar erkennen, auch wenn es schon eine ungewöhnliche Besetzung war.

Viel langsamer, als es eigentlich zu dem flotten Song passen würde, wiegten die beiden Tänzerinnen hin und her und wie von selbst kamen sie sich immer näher. Irgendwie wurde es unwichtig, dass sie hier im Büro waren, draußen miesestes Winterwetter herrschte und noch ein nerviger Berg Arbeit auf sie warteten.

Behaglich lehnte Tiara ihren Kopf auf Leonies Schulter und alles war einfach wie es sein sollte. „I wanna thank you baby! You make it feel like Christmas!", hallte Josefs Stimme voll durch das akustisch miserable Büro und ein kleines, gedankenverlorenes Grinsen breitete sich auf Tiaras Gesicht aus. „Das Lied hat recht", murmelte sie und versank ganz in der Wärme von Leonies Umarmung.

„Was?", fragte sie weich. „Wegen dir fühlt es sich an wie Weihnachten. Warm, glücklich, Zuhause", redete Tiara ohne nachzudenken, doch in diesem Moment war das vollkommen in Ordnung, in diesem Moment konnte gar nichts peinlich sein. Irgendwie war es genauso unkompliziert und selbstverständlich wie ihre Freundschaft...

Glühend berührten sich ihre Wangen, als Leonie ihren Kopf neigte. Sie waren sich so nah...

„Du riechst nach sauren Gummibärchen", flüsterte Leonie weltvergessen. „Und du nach Lebkuchen", wisperte Tiara und ihre Nasenspitze berührte sanft Leonies. „Eklige Mischung", murmelte sie mit dem Anflug eines lustigen Lächelns. „Finde ich auch", stimmte Tiara ihr zu und ihre Worte verloren sich in einem zärtlichen Kuss, der so wundervoll nach Weihnachten schmeckte.

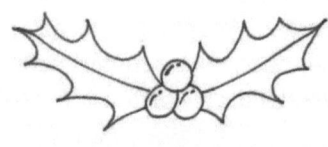

Jingle Bells

„Gin-gle bells!", prangerte auf dem Banner, das über der weihnachtlich dekorierten Theke hing. Dort präsentierte sich eine reichhaltige Auswahl an allen möglichen Getränken, in denen dieser Wacholderschnaps eine Rolle spielte.

Martini, Negroni, Gin-Tonic, eine Bowle, es gab einfach alles. Silas' Favorit war der zitronig-frische London Buck, davon hatte er sicher schon zwei Gläser getrunken oder war das hier schon sein viertes? In seinem Kopf schwammen die Gedanken wie die Eiswürfel im Alkohol.

Allerdings waren Eiswürfel bei den Temperaturen eigentlich überflüssig. Doch der Alkohol sorgte für eine schöne, einlullende Wärme. Unter ihren Füßen hatten sie den Schnee festgetrampelt und Silas wartete eigentlich nur darauf, dass der erste ausrutschte.

Natürlich war auch für Musik gesorgt. Während der Barkeeper Gin mit allen erdenklichen Getränken kombinierte, mixte der DJ Jingle Bells mit allen erdenklichen Liedern. Ein perfekter, weihnachtlicher Anlass, um sich gepflegt zu betrinken.

Und das taten sie auch, mittlerweile war hier längst niemand mehr nüchtern.

Irgendwann forderte die Natur ihr Recht und Silas entfernte sich ein Stück von der Party, um sich im naheliegenden Wäldchen zu erleichtern. Sein Kopf fühlte sich so herrlich wattig weich an, als hätte man ihn mit den zartgrauen Wolken am Himmel gefüllt.

Schwammig hob er den Arm und stützte sich an einem eisigen Ast ab. Vielleicht waren das doch ein paar viele Drinks in ein bisschen kurzer Zeit gewesen. Hinter sich hörte er weiter die ausgelassene Feier. Alle waren betrunken und die Stimmung war einfach so geil. Da war es doch eigentlich erst gerade richtig, wenn man ein bisschen benebelt war.

Zufrieden mit dieser Erkenntnis schloss er seinen Hosenschlitz und drehte sie um, um sich bei der Gin-Verkostung den nächsten London Buck zu genehmigen. Oder sollte er vielleicht mal eine der anderen Mischen versuchen? War irgendwie nicht ganz der Sinn und Zweck einer Verkostung nur eine Sorte zu trinken...

Plötzlich rutschte er mit seinem Schuh auf einer glatten Stelle aus. Haltsuchend klammerte er sich an dem gefrorenen Zweig fest. Mit einem hohen Knacken zerbrach das Holz und die Welt neigte sich zur Seite.

Silas war noch weit davon entfernt zu begreifen was geschah, als er schon hart und kalt den Schnee in seinem Gesicht spürte und das war erst der Anfang. Hals über Kopf stürzte er den bewaldeten Hang runter. Alles drehte sich rasend schnell. Gestrüpp schlug ihm ins Gesicht. Ein Baum traf ihn an der Schulter oder eher er den Baum. Der Schmerz kam gar nicht richtig bei ihm an. Mit unfassbarer Geschwindigkeit zog alles an ihm vorbei.

Auf einmal landete er dumpf irgendwo und blieb liegen. Atemlos schaute er hoch in den trägen, grauen Himmel. Sein Gehirn war während des Sturzes irgendwann auf der Strecke geblieben. Ihm war schwindelig und obwohl das Adrenalin diese angenehme Trübe aus seinem Schädel verbannt hatte, konnte er nicht ganz klar denken. Das war alles so schnell passiert. Er kam einfach nicht mit.

Tief atmete er die kühle Luft ein und sie stach ihm frostig in der Lunge. Gerade eben war es ihm nicht so kalt vorgekommen...

Dumpf hörte er Hufschläge und das Bimmeln von Glöckchen. Häh? Irritiert setzte er sich auf und merkte, dass ihm scheinbar ein Schuh verloren gegangen war. Oh. Gedankenverloren musterte er seine schwarze Socke und wackelte ein bisschen mit den Zehen. Wie schon gesagt, klar denken war gerade nicht so seine Stärke.

Die Geräusche der Hufe und Glöckchen wurden immer lauter. Jetzt kam er auch mal auf die Idee sich umzusehen. Scheinbar war er nach seinem beeindruckenden Sturz schließlich auf einer Straße gelandet oder zumindest auf einem mehr oder weniger befestigten Waldweg. Geräumt war hier nichts, es war also unmöglich zu sagen, ob da sogar wirklich Teer drunter war oder nur Schotter oder nicht einmal das. Auf jeden Fall war der Weg nicht sonderlich breit und Spuren von Autos gab es auch keine, also wurde er auch nicht häufig genutzt.

Plötzlich kam ein Pferd um die Kurve getrottet. Na ja, ganz so plötzlich nun auch wieder nicht, er hatte ja schon die Hufe gehört und wo Hufe waren, waren Pferde normalerweise auch nicht weit. Eigentlich logisch.

„Da ist jemand!", rief eine helle Stimme. War das etwa ein Kind? Kurz darauf blieb das dunkle Pferd stehen und auch das Bimmeln verstummte. Mit schief gelegtem Kopf musterte Silas das Gespann vor sich. Hinter dem Pferd schien ein Schlitten zu hängen und die Person auf dem Schlitten wurde geschickt von dem fetten Pferdehintern verdeckt. Bis sie den Kopf neugierig hervorstreckte.

Es war eine Frau, kleiner süßer Mund, etwas große Nase, dunkle Augen, gebräunte Haut, kein extremer Hingucker, aber auch nicht hässlich. „Geht es Ihnen gut?", rief die Frau etwas unsicher zu ihm rüber.

„Ja! Ja! Alles gut!", zur Bestätigung stand er auf, allerdings hätte es wohl überzeugender gewirkt, wenn er dabei nicht kurz getorkelt wäre. Aber das lag nicht am Alkohol, sondern an dem fiesen, eisigen Boden, oder war es doch die Kombi aus beidem?

„Der sieht nicht aus, als würde es ihm gut gehen", meldete sich eine leise Stimme zu Wort und ein kleines Mädchen lehnte sich zu der Frau rüber. Auch sie hatte dieses leicht mediterrane Aussehen. Prüfend musterte die Frau ihn. „Der hat nur einen Schuh an", raunte die Kleine ihre nächste tolle Beobachtung.

„Ich bin nicht taub!", entgegnete Silas eine Spur mürrisch. Er musste sich von diesen beiden doch nicht so taxieren lassen! „Keine Sorge Iva. Dem geht es gut", war das etwa ein Naserümpfen von der Frau? Und was hatte sie da gesagt? Iva?

„Seid ihr vom Industrieverband Agra?", sprach er seinen Gedanken laut aus, was vielleicht nicht gerade die optimale Erwiderung war. „Was?", verständnislos zog die Frau die Augenbrauen zusammen.

„Iva. Der Industrieverband Agra", erklärte er und fühlte sich dabei irgendwie leicht dämlich. „Iva ist zufällig ein kroatischer Vorname", informierte sie ihn trocken. Oh.

Verlegen griff er sich an den Nacken und schaute etwas ratlos den zugewachsenen Hang hoch, den er irgendwie runter gepoltert war. Da wieder hoch zu kraxeln versprach kein Spaß zu werden.

„Sie kennen nicht vielleicht einen Weg zum Grillplatz da oben?", richtete sich Silas an die Frau mit dem Pferdeschlitten.

„Vielleicht", meinte sie nur wenig hilfsbereit. „Könnten Sie mich dorthin bringen?", formulierte er seine Frage konkreter.

„Vielleicht", wiederholte sie sich ziemlich störrisch. „Ich habe meinen Geldbeutel nicht bei mir, aber wenn Sie mich zurückbringen, garantiere ich, Sie zu bezahlen", versicherte er und war stolz, wie vernünftig die Worte noch aus seinem Mund kamen.

Abwägend schaute sie auf ihn herab: „Wie viel?"

„Fünf Euro", bot er ihr an. Ihre Augenbrauen wanderten hoch unter ihre Mütze und auf ihrem Gesicht war dieser Ausdruck, der förmlich schrie: „Das soll wohl ein schlechter Witz sein!"

„Zehn?", erhöhte er auf das Doppelte. Sie sah immer noch alles andere als überzeugt aus. „Fünfzehn?", versuchte er es weiter in Fünferschritten: „Zwanzig?"

„Ich kenne Sie nicht. Ich lasse hier nicht jeden mitfahren. Wenn ich Sie fahren soll, kostet das 50 Euro und ich will eine Versicherung von Ihnen", verlangte sie knallhart.

„50 Euro?!", fassungslos starrte er die eiskalte Kroatin an. Was war das denn für eine Abzocke?! Und das in der Weihnachtszeit, wenn doch überall von Nächstenliebe gepredigt wurde!

Mit leuchtenden Augen schaute das kleine Mädchen sie an. „Ist das etwa für...", setzte sie an, doch die Frau unterbrach sie mit einem gezischten: „Schhhh!" Misstrauisch kniff er die Augen zusammen.

„50 Euro und ein Pfand, oder Sie können zu Fuß gehen", stellte die Frau eisern klar.

Wütend starrte er sie an, doch er merkte schnell, dass er keine Chance hatte. Diese Frau setzte den Preis so hoch an, weil sie es konnte. Sie könnte sogar noch höher gehen, denn sie war seine einzige Möglichkeit. Eine sehr störrische, nervige, unausstehliche Möglichkeit!

Resigniert seufzte er und nestelte am Verschluss seiner Uhr herum. Unangenehm zog sich dieser Moment in die Länge, als wäre seine Kapitulation nicht schon peinlich genug. Schließlich hob er geschlagen seine Uhr hoch, als wäre es eine weiße Fahne: „Reicht Ihnen eine eintausend Euro Uhr als Pfand?"

„Sie tragen eine eintausend Euro Uhr?", der Klang ihrer Stimme ließ keinen Zweifel daran, dass sie in ihm einen aufgeblasenen, geldgeilen Idioten sah. Das war ja echt große Klasse. Und mit dieser Kratzbürste müsste er zurückfahren. So langsam wirkte der anstrengende Weg über den verschneiten Hang fast schon reizvoll.

Aber nein, missmutig wankte er auf die beiden Schlittenfahrer zu und hielt der Frau auffordernd seine Uhr entgegen. Prüfend musterte sie das gute Stück, allerdings bezweifelte er, dass diese Abzockerin wirklich eine Fälschung erkennen könnte.

„Na gut. Steigen Sie auf", erlaubte sie ihm schließlich mit einem ziemlich mürrischen Kopfnicken. Etwas schwerfällig kletterte er auf seine sehr ungewöhnliche und vor allen Dingen teure Mitfahrgelegenheit.

Der Platz war offensichtlich nicht für so viele Personen konzipiert, er saß eng an eng neben der nervenraubenden Kroatin. Ohne ihn auch nur eines Blickes zu würdigen, schnalzte sie mit der Zunge, machte irgendetwas mit den Zügeln und los ging die Fahrt, eine wirklich schweigsame und unterkühlte Fahrt. Nur die Glöckchen erklangen unpassend fröhlich in der Stille.

Silas machte sogar einige Gesprächsversuche, doch er scheiterte immer wieder an der eisernen Einsilbigkeit der Kutscherin. „Du heißt doch Iva", versuchte er es bei dem jüngeren Mädchen. „Ja", bestätigte sie auch ziemlich knapp, aber nicht ganz so abweisend. „Du musst nicht mit ihm reden", meinte die Ältere und während sie ihm immer noch die kalte Schulter zeigte, wirkte sie der Kleinen gegenüber schon deutlich sanfter.

„Aber er sieht so einsam und verwirrt aus", meinte Iva und auch wenn ihre Wortwahl schwer danach klang, wollte sie ihn scheinbar nicht beleidigen. Zumindest grinste sie mit kindlicher Unschuld hinter dem Rücken der Frau hervor. „Ist das deine Mutter?", probierte Silas noch mehr Informationen aus ihr herauszubekommen.

Verächtlich gab die Frau eine Mischung aus Schnauben und Lachen von sich: „Sie ist meine Schwester." „Oh", mehr brachte er nicht heraus und sie rollte mit den Augen. Und irgendwie kam ihm ihre Abweisung vor wie eine Herausforderung. Keine Ahnung warum sie auf einmal von nervig zu reizvoll gewechselt war, aber es war so.

„Und wie heißen Sie?", fragte er sie und hätte wohl charmant geklungen, wenn nicht dieses verflixte Lallen seine Worte begleitet hätte. Sie fand er hörte sich verzweifelt an und er ging ihr gehörig auf den Geist. Also gab sie ihm zur Abwechslung eine vernünftige Antwort: „Emica." „Ich heiße Silas", sagte er zufrieden grinsend. „Ja, das erwähnten Sie bereits", behielt sie weiter ihre distanzierte Haltung.

Nüchtern hätte dieser Gockel sie nicht mit dem Arsch angesehen, warum sollte sie ihn jetzt also mit offenen Armen willkommen heißen? Diese reichen Schnösel waren doch alle gleich.

Kurz darauf hörte man leise die Melodie von Jingle Bells, dieses Mal die ursprüngliche Version, die wohl jeder mitgrölen konnte, zumindest wurde dieses fröhliche Weihnachtslied von den Betrunkenen geradezu vergewaltigt.

„Oh! Wir sind bald da!", bemerkte ihr unerwünschter Mitfahrer und erinnerte sie dabei ein wenig an ein Kleinkind, das quengelnd auf das Ziel wartete. Verstohlen schielte sie zu ihm rüber. Eigentlich sah er ganz gut aus, ein wenig zerzaust, aber die meisten Frauen würden ihm wahrscheinlich trotzdem zu Füßen liegen. Emica jedoch hatte mehr Lust ihn mit Füßen zu treten und zwar in großem Bogen aus ihrem Schlitten.

Das sollte ein unbeschwerter Nachmittag mit ihrer Schwester werden und er war einfach reingeschneit und hatte ihn für sich beansprucht. Unglaublich!

Schließlich hatten sie über den kleinen Waldweg die Gin-Verkostung erreicht. Als erstes entdeckte eine Frau mit rotgefärbten Haaren sie und lauthals machte sie sofort auch alle anderen auf sie aufmerksam. Tosend fing die Meute an zu applaudieren und das Pferd zuckte unruhig mit den Ohren.

Wie ein Star stand Silas auf und verbeugte sich theatralisch. Dann wandte er sich zu Emica und mit den Worten: „Du bist mein Engel!", drückte er ihr einen dicken Kuss auf die Wange. Eigentlich keine große Sache, aber als er ihre Wärme spürte und dann dieser unglaubliche Geruch, der noch den Rest seiner Sinne betäubte, die der Alkohol verschont gelassen hatte...

Jetzt platzte ihr der Kragen. Fest stieß sie ihn von sich, überrumpelt ruderte er mit den Armen durch die Luft und landete schon zum zweiten Mal heute im Schnee.

„Ein sehr jähzorniger Engel", murmelte er mehr zu sich selbst und rappelte sich schwerfällig wieder auf. „Mein Geld", verlangte sie und durch ihre eiskalte Maske schimmerte ein amüsiertes Lächeln. Wütend krallten sich seine Hände in den Schnee. Diese verfluchte Frau! Doch alles was er ihr an den Kopf werfen wollte, klang lächerlich, oder vielleicht... Schon hatte er einen Schneeball geformt und ihn mit aller Kraft nach ihr geworfen.

In seiner Vorstellung hatte er sie damit saftig getroffen und auf diese unerwartete Art wieder seinen Stolz gerettet.

Nur flog der Schneeball in der Realität leider sehr weit an ihrem Kopf vorbei. Nicht so überzeugend.

Mit spöttisch hochgezogenen Augenbrauen sah sie ihn an und nachdem sie ihn einen Moment mit diesem Blick gequält hatte, wiederholte sie eiskalt: „Mein Geld."

Jedes weitere Wort wäre nur eine Erniedrigung gewesen und so stapfte er an all den Leuten vorbei, die ihn kichernd anstarrten, holte einen 50-Euro-Schein aus seinem Geldbeutel und kehrte zum Pferdeschlitten zurück.

Auffordernd streckte sie die Hand aus, doch er fragte nur: „Was wollt ihr mit dem Geld?" „Das geht Sie gar nichts an", blockte Emica standhaft ab. „Ist es etwa etwas Unanständiges?", meinte er mit einem fiesen Grinsen und sie wollte lieber nicht wissen, was für Bilder er gerade im Kopf hatte.

„Nein!", widersprach sie ihm heftig: „Das ist die Standgebühr für einen Platz auf dem Weihnachtsmarkt in der Stadt! Wir haben eine kleine Glasbläserei." „Ich werde da sein", meinte er mit einem frechen Zwinkern.

„Gott bewahre", stöhnte sie und wendete geschickt den Schlitten. Ihr Abgang hätte wahrscheinlich deutlich mürrischer gewirkt, wenn dabei nicht die Glöckchen in unbekümmerter Weihnachtsstimmung gebimmelt hätten.

Breit grinsend schaute er ihr nach und für ihn war klar, dass die kleinen Glöckchen den Anfang von seinem ganz persönlichen Weihnachtsabenteuer einläuteten. Auch wenn diese starrsinnige Frau das natürlich abstreiten würde. Wahrlich eine Herausforderung...

12

Do they know it's Christmas?

Rosalie hielt gemütlich an der roten Ampel an. Tja, wenn man früh genug losfuhr, musste man sich nicht so durch den Verkehr hetzen, schön stressfrei. Im Pianissimo hörte sie den Schnee auf das Autodach prasseln und ihre Scheibenwischer ergänzten das Konzert mit einem langgezogenen Quietschen, als sie den Schnee zur Seite schruppten, nur damit im nächsten Moment wieder alles von den dicken weißen Flocken belagert wurde.

Bei dem Schneegestöber war auf den Straßen nicht viel los, nur wer es unbedingt musste, war unterwegs. Entspannt ließ sie den Blick über die winterliche Stadt schweifen und in ihrem Inneren war nur ein kleiner Funken Aufregung, wenn sie an das Benefizkonzert dachte, zu dem sie unterwegs war.

Das war nicht ihr erster Auftritt mit dem Orchester. Sie erinnerte sich noch gut daran wie nervös sie beim ersten Mal gewesen war, so nervös, dass ihr Horn in den ersten zwei Takten überhaupt keinen Ton von sich gegeben hatte. Aber mittlerweile war sie da schon deutlich ruhiger, auch wenn es ihren

Puls natürlich jedes Mal beschleunigte, auf der Bühne zu sitzen und auf all die Gesichter herabzusehen. Diese Momente waren immer ganz besonders. Und erst der Applaus! Einfach überwältigend!

Die Ampel schaltete wieder auf Grün und Rosalie ließ ihr Auto gemächlich über die Kreuzung rollen. Ein flotter Ampelstart war noch nie so ihr Talent gewesen und momentan war ja auch niemand hinter ihr, für den sie sich stressen müsste.

Immer noch ganz gedankenversunken und mit einer Mischung aus prickelnder Vorfreude und verträumter Ruhe im Herzen fuhr die Musikerin weiter und genoss die winterliche Stille.

Zwischen den tanzenden Schneeflocken tauchte am Straßenrand eine Bushaltestelle auf. Ein paar Leute standen dort. Bei diesen eisigen Temperaturen konnten sie einem schon leidtun.

Rosalie war eine echte Forstbeule und über die Heizung im Auto unglaublich dankbar, auch wenn die warme Luft dafür sorgte, dass ihre Augen ganz trocken wurden, genauso wie ihre Haut. An den Fingerknöcheln hatte sie sogar schon ein paar rissige Stellen. Was das anging war der Winter wirklich nervig. Sie konnte Tonnen Handcreme auftragen und trotzdem waren ihre Hände ausgedörrt wie Wüstenboden!

Schon immer war sie eindeutig mehr ein Sommermensch gewesen. Das einzige tolle am Winter war Weihnachten und die ganze Weihnachtsstimmung und so. Dafür lohnte es sich ein bisschen zu frieren und Wüstenhaut zu haben.

Plötzlich wurde eine der Personen an der Bushaltestelle von den anderen heftig hin und her geschupst! Ihre Tasche wurde auf die Straße geschleudert.

Geschockt riss Rosalie die Augen auf und trat volle Kanne auf die Bremse. Rutschend kam ihr Auto zum Stehen, nur wenig Meter hinter der Bushaltestelle. Irgendwie war sie noch geistesgegenwärtig genug den Motor abzustellen und den Schlüssel einzustecken.

„AUFHÖREN!", schrie sie laut, als sie aus dem Auto hastete und die Tür hinter sich zuschlug. Kurz hielten die Leute an der Bushaltestelle inne und schauten zu ihr rüber, einer kleinen, recht pummeligen Frau. Mindesten zwei von ihnen lachten dreckig auf und einer stieß ihr Opfer erneut, sodass sie auf den gefrorenen Boden fiel.

„AUFHÖREN!", brüllte Rosalie noch einmal und ihre Stimme überschlug sich. Jetzt konnte sie genauer erkennen womit sie es zu tun hatte. Drei stämmige Männer und eine Frau am Boden.

Breitbeinig stellte sich ihr einer von ihnen in den Weg. Als er sprach, konnte sie selbst in der eisigen, frischen Winterluft die Alkoholfahne riechen: „Verschwinde. Hier gibt es nichts zu se…"

Weiter kam er nicht. Schwungvoll trat sie ihm gegen das Schienbein. Das zeigte Wirkung.

Für einen Moment schienen sich die anderen beiden nicht sicher zu sein, ob sie eingeschüchtert oder wütend sein sollten. Rosalie gab ihnen nicht die Zeit sich zu entscheiden.

Ohne zu zögern zog sie die Fremde auf die Beine. „Komm mit!", rief sie eindringlich und die beiden stolperten schnell zum Auto.

Zum Glück war es eben, Rosalie hatte nämlich nicht an die Handbremse gedacht. Wenn das Fahrzeug weggerollt wäre... Nein! Es war noch da und sie sollte sich lieber nicht über sowas Gedanken machen.

Mit fahrigen Fingern steckte sie den Schlüssel ins Zündschloss oder versuchte es zumindest. Sie schaffte es einfach nicht ihre Hände ruhig zu halten. Ja! Endlich traf sie das Zündschloss und startete hastig den Motor, zu hastig. Sofort würgte sie ihn wieder ab. Scheiße!

Vor Zorn brodelnd hatten die drei das Auto erreicht und schlugen mit bloßen Händen darauf ein. Verzweifelt startete Rosalie einen zweiten Versuch und dieses Mal fuhr ihr kleines Auto schlitternd los. Erleichtert atmete sie aus und beobachtete im Rückspiegel wie die wütenden Gestalten im Schneetreiben verschwanden.

Oh Gott! Was war da eben nur passiert?!

„Hier. Rufen Sie die Polizei", mit diesen Worten kramte Rosalie ihr Handy aus der Jackentasche und hielt es ihrer unerwarteten Mitfahrerin neben sich hin. Was machte man sonst noch nach so einer Sache? Sie war immer noch total aufgedreht von dem ganzen Adrenalin und ordentlich durcheinander.

Verstohlen schaute sie zu ihrem stummen Beglei-
ter rüber. Eine ziemlich große Frau. Allerdings
wurde der Großteil ihres Gesichts von ihrer Kapu-
ze verborgen.

„Sind Sie verletzt?", wollte Rosalie immer noch
ganz durch den Wind wissen: „Soll ich Sie ins
Krankenhaus fahren?" „Nein. Alles gut... Das war
nicht meine erste Auseinandersetzung", wehrte
die Fremde mit rauer Stimme ab und ließ sich
noch ein Stück tiefer in den Sitz sinken. Sie sah
so verloren aus...

„Wenn Sie nicht wollen, müssen Sie das natürlich
nicht sagen, aber... Warum war das nicht Ihre
erste... Auseinandersetzung?", erkundigte Rosalie
sich vorsichtig. „Ich...", setzte die Frau an und
schaute dann betroffen aus dem Fenster: „Manche Menschen kommen nicht damit klar, dass ich
eine Transfrau bin."

„Was?! Deswegen?!", Rosalie konnte es kaum
glauben. Klar hörte man manchmal etwas in den
Nachrichten, aber hier? Das war doch verrückt!
Solche Menschen waren verrückt! Diese Frau
hatte doch überhaupt nichts getan!

„Danke, dass Sie mir geholfen haben", mit einem
scheuen Lächeln drehte ihr die Fremde jetzt doch
das Gesicht zu. „Natürlich! Sowas ist doch selbstverständlich! Oh! Mein Nachbar macht jedes Jahr
Selbstverteidigungskurse für Frauen! Er schleift
mich jedes Mal dahin! Kann ich Ihnen nur empfeh-
len!", sprudelte es nur so aus der Musikerin her-

aus: „Oh! Ich hab mich ja noch gar nicht vorgestellt! Mein Name ist Rosalie."

„Ich bin Martina", sagte sie und war wirklich gerührt von dem Eifer mit dem sich diese Fremde für sie einsetzte. So viel Unterstützung bekam sie nicht oft zu spüren.

„Kann ich Sie irgendwo hin fahren? Ich finde ja immer noch, dass Sie sich im Krankenhaus mal untersuchen lassen sollten", besorgt warf Rosalie ihr noch einen letzten Blick zu und richtete ihre Aufmerksamkeit dann wieder auf die Straße. Hier im Stadtzentrum war trotz des Wetters noch einiges los und sie wollte nicht noch einen Unfall bauen.

„Ich muss zu einem Benefizkonzert in...", mitten im Satz übernahm Rosalie: „Der Mozarthalle?"

„Ja, ich singe da. Woher wissen Sie das?", wollte Martina verwundert wissen. „Ich habe da einen Auftritt mit dem Orchester!", meinte Rosalie ungläubig. Das war ja echt ein gigantischer Zufall! Es grenzte fast schon an ein Wunder!

Begeistert redeten die beiden die viel zu kurze Zeit der Fahrt über Musik. Schließlich erreichten sie das Parkhaus. Auf der Anzeige hatte gestanden, es wären noch zwölf Parkplätze frei. Allerdings gingen ganze fünf davon schon mal für völlige Parkidioten drauf, die es nicht schafften sich in eine Lücke zu stellen, oder dicke Autos, die unbedingt zwei Plätze brauchten. Und die anderen sieben hatten sich gut versteckt.

Bei ihrer zweiten Runde durchs Parkhaus wurden sie dann endlich fündig und so langsam wurde es auch echt Zeit. Schnell machten sich die beiden auf den Weg. Sie waren schon bei der Treppe aus dem Parkhaus angekommen, als sich Rosalie auf die Stirn klatschte: „Oh Mist! Mein Horn liegt noch im Kofferraum!"

Sie wirbelte so schnell herum, dass sie über ihre eigenen Füße stolperte und mit einem erschrockenen Laut kippte sie um. Doch schon in der nächsten Sekunde hatte Martina sie aufgefangen. Für einen Atemzug waren sie sich ganz nah und Rosalies Herz kam total aus dem Takt. Sie wollte Martina so gerne sagen, dass sie wunderschön war, doch sie wusste nicht, ob das angebracht wäre, nach allem was heute schon los gewesen war und so wurde sie nur knallrot und stolperte verlegen rückwärts. „Ich hol es schnell", sagte sie und fuchtelte dabei ulkig mit den Armen in der Luft rum.

Dieses Benefizkonzert war doch nervenaufreibender als gedacht. Dagegen war ihr erster Auftritt ja gar nichts gewesen!

Gemeinsam eilten die beiden in die Halle. Martina musste sich sofort fertig machen, sie würde den Abend eröffnen. „Noch einmal danke für alles", mit einem warmen, ehrlichen Lächeln schaute sie ihre liebevolle Retterin an. „Ach, das war doch gar nichts", winkte die Musikerin eine Spur nervös ab.

„Darf ich dich hiernach auf einen Drink oder so einladen? Vielleicht ein Weihnachtspunsch? Als kleines Dankeschön", Rosalie verlor sich regelrecht in Martinas wundervollem Lächeln. Gerade so bekam sie noch ein etwas überfordertes „Gerne", heraus.

Am liebsten wäre die Sängerin noch länger geblieben um mit ihr zu reden, doch sie musste sich wohl bis nach dem Auftritt gedulden. Mit einem letzten, kleinen sehnsüchtigen Blick drehte sie sich um und verschwand hinter der Bühne.

Völlig gedankenverloren schaute Rosalie ihr nach. Gerade eben war Martina noch angepöbelt worden und jetzt trat sie einfach bei einem Benefizkonzert für Hilfsorganisationen in Afrika auf. Sie war so unglaublich stark und man konnte mit ihr so gut reden und...

„Rosalie! Wo hast du gesteckt?! Sonst bist du doch immer pünktlich!", ohne auf ihre Antwort zu warten griff Karl, der andere Hornspieler, sie am Arm und zog sie in den Vorbereitungsraum, wo sich schon fast alle versammelt hatten, um sich einzuspielen und zu stimmen.

Kurz vor Martinas Auftritt schlich sich Rosalie wieder raus in den Zuschauerraum. Sie konnte einfach nicht anders, sie musste dabei sein. Vollkommen selbstbewusst stand die Sängerin auf der Bühne und es bestand kein Zweifel daran, dass sie dahin gehörte. Ihr elegantes Kleid funkelte leicht im Licht der Scheinwerfer und sie sah einfach atemberaubend aus und dann als das Lied anfing!

Schon an den ersten paar Tönen der kleinen Band im Hintergrund erkannte Rosalie, dass es „Do they know it's Christmas?" war, doch als Martina anfing zu singen, war sie zu keinem logischen Gedankengang mehr fähig. Gefühlvoll erfüllte ihre Stimme die gesamte Halle und nahm alle mit auf eine Reise.

Vollkommen verzaubert blickte Rosalie zu ihr hoch. Auf einmal begegneten sich ihre Blicke und ab diesem magischen Moment war es, als würde Martina dieses Lied ganz alleine für sie singen.

Erst als der letzte Ton traumhaft in der Stille verklang und um sie herum der Applaus losbrandete, wachte Rosalie aus diesem unglaublichen Augenblick auf. Bevor sie von der Bühne ging, winkte Martina noch elegant und als sich ihr Blick wieder mit Rosalie verschränkte, schickte sie einen kleinen Flugkuss in ihre Richtung, der das Herz der Musikerin wieder so schrecklich schön aus dem Takt kommen ließ.

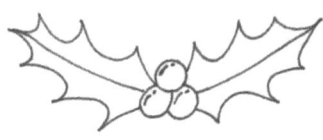

13

Winter Wonderland

„Du parkst vor einer Einfahrt", machte Heinz seine große Schwester auf ihr Falschparken aufmerksam. „Ach, das stört doch niemanden", meinte sie mit einer wegwerfenden Handbewegung.

„Zwei Straßen weiter ist doch dieser Laden mit Parkplatz, da könntest du hinfahren", schlug er wenig erwartungsvoll vor und seine Schwester reagierte genau, wie er schon vermutet hatte: „Für jemanden der seinen eigenen Führerschein abgeben musste, bist du ja sehr regelkonform drauf. Mach dir nicht so viel Stress. Ich gebe nur gerade das Paket ab, dann bin ich auch ruckzuck schon wieder da."

„Ich dachte du bist Sportlehrerin, müsstest du dich da nicht über jede sportliche Betätigung freuen? So ein kleiner Spaziergang wäre doch super", meinte er stichelnd. „Stell dich mal nicht so an Heinzelmännchen! Sei froh, dass ich dich überhaupt abgeholt habe!", in ihrer Stimme lag eine Mischung aus Geschwisterliebe und Lehrerrüge.

Wie er diesen Spitznamen hasste! Das klang als wäre er ein kleiner, knuffiger Gnom!

Doch sie gab ihm nicht die Gelegenheit weiter darüber zu diskutieren, schon war sie mit dem Paket aus dem Auto gestiegen und hatte es zugesperrt, als wäre er ein Kleinkind. Hatte sie etwa vergessen, dass man die Türen von Innen auch manuell öffnen konnte? Dämlich.

Genervt stöhnte er, schloss die Augen und ließ seinen Kopf in den Nacken fallen. Seine Schwester konnte echt anstrengend sein und dann hatte er auch noch das Vorstellungsgespräch eben total vergeigt. Die dachten sicher er könnte nicht einmal bis drei zählen! Warum hatte er so ewig studiert, wenn er jetzt doch nirgendwo eine Stelle fand?! Das war doch ätzend! Sein Leben war ätzend!

Konnte ihn bitte jemand aus diesem Alptraum aufwecken?!

Plötzlich klopfte jemand an die Autoscheibe. Erschrocken riss Heinz die Augen auf und zuckte richtig zusammen. Durch das Glas starrten ihn zwei ziemlich zornige blaue Augen an. Oh Scheiße! Und er hatte seiner Schwester noch gesagt, sie sollte nicht die Einfahrt zuparken! Wenn sie wieder da war, würde diese Parksünderin ordentlich was zu hören bekommen! Allerdings musste er jetzt erst einmal da durch...

Schuldbewusst öffnete er die Autotür, obwohl er ja eigentlich gar nichts falsch gemacht hatte. Seine Schwester war hier die Böse!

„Ähm...", setzte er zu einer Erklärung an, doch die Fremde ließ ihn nicht so weit kommen: „Ihr Auto

blockiert meine Ausfahrt! Ich hab einen Termin!"
„Öh...", mehr bekam Heinz nicht raus, denn jetzt sah er zum ersten Mal die Frau richtig an und... sie sah so krass aus.

Links hatte sie ein Augenbrauenpiercing, im rechten Nasenflügel steckte ein doppelter Ring und in ihrem Ohr konnte Heinz ein Industrial-Piercing und einige Helix-Ringe erkennen. Er hatte Piercings schon immer aufregend gefunden, jedoch nie den Mut gehabt, sich selbst welche machen zu lassen.

Und dann war da ja noch ihr Gesicht. Einfach unglaublich! Kein Babygesicht, aber auch nicht wirklich markant, irgendetwas Wunderschönes dazwischen. Sie wirkte so natürlich und irgendwie verwegen und... Heinz konnte gar nicht mehr den Blick abwenden, geschweige denn klar denken.

Lag das tatsächlich nur an ihrem Aussehen oder eher an der Art, wie sie sich bewegte, wie sie ihn mit dieser leidenschaftlichen Wut anstarrte und auf eine Antwort wartete und... Scheiße! Antwort! Gerade stellte er sich ja noch dämlicher an als bei dem Bewerbungsgespräch! Oh man! Das war echt ein Tiefschlag! Egal was, er musste jetzt irgendetwas sagen!

„Ich bin meine Schwester bringt Autoschlüssel-Paket weg", platze es mit einem peinlichen Grinsen aus ihm heraus. Er hatte selbst sturzbesoffen schon vernünftiger geredet! Nächster Anlauf: „Ähm... Ja. Sie kommt bestimmt gleich wieder."

Wenigstens war das ein grammatikalisch und inhaltlich korrekter Satz.

Auf dieses absolut faszinierende Gesicht schlich sich jetzt auch noch eine Spur Skepsis. Oh Gott! Bestimmt hielt sie ihn für einen Verrückten!

„Was ist das denn für ein dringender Termin?", versuchte Heinz das Thema zu wechseln. „Zahnarzt", antwortete sie kurz angebunden und ziemlich abweisend. Aber wenigstens hatte sie überhaupt geantwortet, sie hätte jetzt auch die Polizei anrufen können oder eine Hasstirade über die zugeparkte Einfahrt wäre ebenfalls möglich gewesen oder sogar körperliche Gewalt, aber nein, sie hatte geantwortet. Das war doch schon mal nicht schlecht.

„Hier im Ort ist doch auch ein Zahnarzt", gab Heinz sich alle Mühe das Gespräch weiter am Laufen zu halten: „Als Kind war ich einmal da, weil ich mit dem Fahrrad gegen eine Wand gefahren war und mir die Schneidezähne ausgeschlagen hatte. Waren zum Glück nur die Milchzähne. Sind wieder nachgewachsen."

Wie zur Bestätigung grinste Heinz einmal breit. Erst danach wurde ihm bewusst, dass ihn dieser Kindheitsmoment nicht unbedingt von seiner intelligenten Seite zeigte. Gegen eine Wand zu fahren festigte eher das Bild des Idioten. Mist!

„Ja, zu diesem Zahnarzt will ich", jetzt klang die Fremde sogar schon ein Stück weit abwertend.

„Super! Dann können wir doch zu Fuß hin", begeistert stand Heinz auf und klopfte der Zugeparkten sogar euphorisch auf die Schulter: „Geht zwar den Hang rauf, aber das schaffen wir locker." „Wir?", wiederholte sie und zog die Augenbraue mit dem Piercing zweifelnd hoch. „Ähm. Natürlich du. Ich bin nur... hier", betreten schaute Heinz auf seine Schuhe.

„Danach wollte ich noch einkaufen. Ich brauche meinen Kofferraum. Das Auto muss weg! Jetzt!", kam energisch, fremd und gutaussehend wieder auf das eigentliche Thema zurück.

Vielleicht sollte er es einfach einsehen, dass er es vergeigt hatte, wieder ins Auto steigen und auf seine Schwester warten, als wäre er ein kleiner, braver Schuljunge. Aber das war er nicht! Er war ein erwachsener Mann! Und er würde nicht einfach aufgeben! Besonders nicht, wenn das, was er aufgab, so atemberaubend gut aussah! So jemanden traf man nicht alle Tage!

„Ich könnte beim Tragen helfen", bot er spontan eine Lösung an, auch wenn es wohl die naheliegendere Lösung gewesen wäre zu seiner Schwester zu gehen und sich die Autoschlüssel zu holen. Wo blieb sie eigentlich so lange? Bestimmt hatte sie mal wieder jemanden getroffen und sich verquatscht, das konnte noch eine Weile dauern.

Mit einem kleinen Seufzen gab die Fremde nach: „Na schön, gehen wir." Mit aller Macht versuchte Heinz sich seine Freude nicht zu sehr anmerken zu lassen, damit er nicht so kindisch wirkte, aber das extra breite Grinsen mogelte sich einfach in sein Gesicht.

Schweigend machten sie sich auf den Weg. Der Bürgersteig war kaum freigeschaufelt und der glitzernde Schnee knirschte unter ihren Schuhen. Heinz liebte den Gedanken, dass sie gemeinsam Spuren hinterließen, auch wenn das eigentlich nichts Besonderes war, mit ihr war es besonders.

Verträumt atmete er die kühle, klare Luft ein. Alles war weiß. Die ehemals dunklen Hausdächer, die kleinen Vorgärten, die Autos in den Einfahrten, die kugelig geschnittenen Bäume, die Weihnachtsdeko. Alles war mit freundlichem Schnee überzogen. Vor einem schlumpfblauen Haus mit zahlreichen Eiszapfen an der Dachrinne, das in all dem Weiß deutlich hervorstach, stand eine Gestalt, die wohl früher mal einen dicken Weihnachtsmann darstellen sollte, jetzt jedoch eher an ein gefräßiges Schneemonster erinnerte. Und auf dem ein oder anderen Grundstück sah man auch schon lustige Schneemänner. Einer hatte sogar eine Tabakpfeife im Gesicht stecken! Sehr kreativ!

Im Winter verwandelte sich die Welt wirklich in ein magisches Wunderland, in dem der Fantasie keine Grenzen gesetzt waren…

Strahlend kam die Sonne hinter ein paar zartweißen Wolken hervor und ließ alles blendend strahlen. Dafür dass der Winter die dunkle Jahreszeit war, war das echt ordentlich hell.

„Ich bin Heinz", stellte er sich völlig aus dem Nichts vor. „Olivia", blieb sie weiter so wortkarg.

Wie könnte er nur das Eis brechen? Oder sollte er einfach die Stille genießen? Eine seltsame, irgendwie angespannte Stille...

„Womit sollen wir die Stille füllen?", fragte er gerade heraus. Mehr blamieren als eh schon konnte er sich ja kaum, warum also sich verstellen? „Warum bist du so scharf darauf mit mir zum Zahnarzt zu gehen?", stellte Olivia eine berechtigte Frage und übersprang damit das unverfängliche Bla, mit dem Unterhaltungen meistens starteten.

„Keine Ahnung. Das war eher spontan. Ich wollte dich kennenlernen. Ich weiß nicht. Du bist... Na ja... Ich wollte dich einfach kennenlernen", druckste Heinz ein bisschen herum und schaute überall hin, nur nicht zu ihr. Dabei spürte er Olivias Blick prickelnd auf sich.

Wieder legte sich dieses Schweigen über sie, immer noch unangenehm, aber zumindest kam es Heinz nicht mehr ganz so frostig vor. Oder vielleicht war das auch einfach nur Wunschdenken und er ruinierte das hier gerade genauso wie seine Jobchancen.

„Deine Piercings sind krass", fing Heinz wieder an zu reden: „Besonders der Industrial." Olivia wusste nicht so recht, was sie auf dieses Kompliment erwidern sollte und so beschränkte sie sich auf ein „Danke", mit einem kleinen Nicken.

Von dem ganzen Schnee wurden ihre Schuhe langsam nass, beide hatten nicht das richtige Schuhwerk für einen Winterspaziergang und ihre

Zehen wurden kalt. Wäre Olivia nur mit dem Auto gefahren!

Schließlich erreichten sie die Arztpraxis. Sie waren genau fünf Minuten zu spät, keine große Verzögerung, aber sie konnte es gar nicht leiden, unpünktlich zu sein. „Ich warte hier draußen", meinte Heinz und zeigte ihr aufgedreht beide Daumen nach oben. Verrückter Kerl.

Gedanklich noch voll bei dieser seltsamen, absolut albernen Begegnung stieg Olivia die Metalltreppe zum Zahnarzt hoch. Kaum dass sie die Tür geöffnet hatte, schlug ihr der typische Geruch von Menthol-Mundwasser, Desinfektionsmittel und Latexhandschuhen entgegen.

Obwohl sie ja zu spät war, sollte sie noch kurz ins Wartezimmer gehen. Niemand sonst war in dem grüngestrichenen Raum und so marschierte sie, statt sich auf einen der modernen, aber unbequemen Stühle zu setzen, zum Fenster und warf einen Blick hinaus.

Schnee hatte eingesetzt. Dicke Flocken segelten vom Himmel und verfingen sich in Heinz' dunklen Haaren. Er wartete wirklich da draußen. Sein Blick wanderte rastlos das Gebäude entlang und streifte das Fenster. Ertappt machte Olivia hastig einen Schritt zurück und stieß dabei so heftig gegen einen der Stühle, dass der krachend umkippte.

Hatte Heinz sie gesehen? Eigentlich wäre es ja nichts Schlimmes, aber... sie lief trotzdem rot an und wusste nicht so recht, was sie tun sollte. Fahrig stellte sie den Stuhl wieder auf und bevor sie sich weiter Gedanken machen konnte, kam eine Zahnarzthelferin und brachte sie ins Behandlungszimmer. Dennoch spukte dieser verwirrende Typ die ganze Zeit in ihrem Kopf rum.

Seltsam aufgeregt trabte Olivia die Metalltreppe wieder nach unten. Würde Heinz immer noch warten? Irgendwie hatte die Vorstellung etwas Elektrisierendes an sich. Erwartungsvoll öffnete sie die Tür und... Heinz war nicht mehr da.

Die Enttäuschung traf sie unerwartet hart. Dabei waren sie doch nicht mehr gewesen, als zwei Fremde, die einmal quer durch den Ort gegangen waren. Nichts Besonderes. Aber warum fühlte es sich anders an? Egal! Sie musste noch einkaufen.

Mürrisch stapfte sie über den kleinen Platz vor der Praxis, der in der Zwischenzeit schlampig geräumt worden war. Überrumpelt blieb sie auf dem Bürgersteig stehen.

„Oh! Du bist wieder da!", stellte Heinz mit einem breiten Grinsen fest. Vor ihm lehnte ein dicker Schneemann an der Hauswand, na ja zwei Drittel eines Schneemanns, der Kopf fehlte noch. Vor Kälte waren seine Finger ganz rot und irgendwie hatte Olivia plötzlich das Bedürfnis Heinz Hände in ihre zu schließen, um sie zu wärmen.

„Wollen wir den Schneemann zusammen noch zu Ende bauen?", fragte Heinz mit so einer unbeschwerten Freude, dass Olivia gar nicht anders konnte als zustimmen. Während sie anfing die Kugel für den Kopf zu rollen, machte sich Heinz daran Material fürs Gesicht zu suchen.

Für den Grinse-Mund und die Knöpfe verwendeten sie ganz klassische Steinchen, die es auf dem geschotterten Parkplatz neben dem Zahnarzt in Massen gab. Die Augen gestaltete Heinz mit zwei schon leicht rostigen Kronkorken, die schon eine halbe Ewigkeit neben dem Mülleimer gelegen haben müssen. Und die Arme hatte Heinz sogar völlig schmerzfrei aus dem Mülleimer geangelt: Ein Regenschirm, der in zwei Hälften gebrochen war.

Als Nase gab es einen Kiefernzapfen vom Grundstück gegenüber und für die Kopfbedeckung sorgte Olivia. Zum Spaßen aufgelegt faltete sie den Werbeflyer für eine super tolle, super schonende, super sonstnochwas Zahnpasta, die sie beim Zahnarzt in die Hand gedrückt bekommen hatte, zu einem kleinen Hütchen.

Stolz schauten die beiden auf ihr Werk. „Ich taufe ihn Oli von und zu Zahnbürste", verkündete Heinz und machte sogar eine kleine scherzhafte Verbeugung. Prustend platzte das Lachen aus Olivia heraus und Heinz stieg befreit mit ein. Schnell hatten sie sich wieder eingekriegt, doch als sie sich ansahen, mussten sie sofort wieder loslachen und so ging das eine ganze Weile, bis ihr Blick irgendwann nicht mehr lustig war sondern… sie wussten nicht einmal was es war, aber es war warm und echt.

„Ist es in Ordnung, wenn ich deine Hand nehme?", fragte Heinz vorsichtig und als er Olivias überrumpelten Gesichtsausdruck sah, schob er noch schnell eine halbgare Erklärung hinterher: „Meine Finger frieren ab, so können wir uns gegenseitig wärmen."

Wenn sein Gesicht nicht sowieso schon vor Kälte gerötet gewesen wäre, wäre es spätestens jetzt rot geworden. Heinz wollte diesen gewagten Moment schon mit einem dummen Spruch kaschieren, als Olivia plötzlich nach seiner Hand griff und sich ihre Finger wie selbstverständlich verschränkten.

„Komm. Wir gehen einkaufen", meinte sie mit einem wundervollen Lächeln und zog Heinz leicht mit sich. Erst als Olivia den Einkaufwagen holte, musste sie ihn wieder loslassen und es kostete sie viel mehr Überwindung, als sie für möglich gehalten hätte.

Während sie ein bisschen frisches Gemüse in den Wagen legte, sprach Olivia die Frage aus, die ihr schon die ganze Zeit bohrend im Hinterkopf kreiste: „Machst du sowas eigentlich öfter?" „Nein, ich gehe nicht so gerne einkaufen, wenn es irgendwie geht, bitte ich immer meine Schwester oder so, das für mich mit zu erledigen", antwortete Heinz betont lässig und Olivia war sich nicht sicher, ob er es wirklich falsch verstanden hatte oder ob er nur so tat.

Dann würde sie eben genauer werden: „Ich meinte Fremde einfach so begleiten." „Nein, normalerweise mache ich mich vor anderen nicht so zum Affen", Heinz versuchte zwar immer noch entspannt zu klingen, doch man merkte seine Unruhe deutlich daran, dass er regelrecht hypnotisch auf das Gewürzregal starrte.

„Ich glaube, du kannst dich auch ganz gut alleine zum Affen machen", neckte ihn Olivia und lockerte die Situation wieder auf. „Aua, das hat tief getroffen!", entgegnete Heinz scherzhaft und legte theatralisch die Hand auf die Brust.

Den ganzen Einkauf lang scherzten sie noch so und redeten unbeschwert über alles Mögliche. Im Radio setzte symbolisch „Winter Wonderland" ein und Heinz ließ sich zu einer kleinen Gesangseinlage hinreißen, einer sehr schiefen und sehr peinlichen Gesangseinlage.

„Pssst!", zischte Olivia und legte ihm seinen Zeigefinger auf die Lippen, damit er schnell aufhörte zu singen. Doch was eigentlich eine harmlose Geste war, fühlte sich an wie eine Ladung Starkstrom. Olivias Herz setzte einen Schlag aus und stolperte voll aus dem Takt. Das Gefühl seiner Lippen...

Ratternd bog ein älterer Herr mit seinem Einkaufswagen in den gleichen Gang ein und dieser verzauberte Moment war abrupt vorbei. Zerstreut machte sich das Parkopfer auf den Weg zur Kasse und in ihrem Kopf waren alle Nervenbahnen durchgebrannt. Mechanisch zahlte sie und ihre ganze Konzentration ging dafür drauf, Heinz nicht wie eine Irre anzustarren und sich dabei permanent zu fragen, ob er zu ihr sah und wie er darüber dachte...

Endlich kamen sie wieder raus, doch selbst die eisige Luft konnte nicht die Hitze in ihren Adern abkühlen. Auch Heinz stand völlig unter Strom und das äußerte sich in der nächsten kindisch-verrückten Idee: „Lass uns Schlittenfahren!" Aufgedreht schaute Heinz vom Einkaufswagen zu Olivia und wieder zurück.

„Nein", verwandelte sie diesen Einfall trocken in einen Reinfall und das strahlende Grinsen rutschte aus Heinz' Gesicht. Doch lange schaffte Olivia es nicht die ernste Fassade aufrecht zu erhalten, verschmitzt löste sie es auf: „Mit dem Einkaufswagen kriegt man kein Tempo drauf und man überschlägt sich schnell. Außerdem ist Diebstahl doch ganz böse. Holen wir doch die Plastiktüten, die können einen Affenzahn drauf haben."

Augenblicklich kehrte sein Grinsen zurück und die beiden machten sich startklar. Aufgeregt fing Olivia an zu zählen: „Eins! Zwei! Dreeeeeiiiii!"

Am Hang gewannen sie schnell an Geschwindigkeit und sie rauschten nur so dahin.

Laut jubelte Heinz auf, als ihm der eisige Fahrtwind durch die Haare fegte. Hinter sich hörte er auch Olivia ihre Freude rausschreien.

Rasend kam ihr Ziel näher. Das blaue Auto seiner Schwester parkte immer noch Olivias Einfahrt zu. Und seine Schwester stand direkt daneben und warf ihnen einen sehr verwirrten Blick zu. Oh. Jetzt hatte sie wohl warten gemusst.

Na ja. Wie du mir, so ich dir.

Gleich waren sie da! „Wie bremst man dieses Ding?!", rief Heinz über die Schulter und verlor dabei das Gleichgewicht.

Schwungvoll legte er eine Bruchlandung hin. Überall war Schnee und alles drehte sich. Zusätzlich zu den Schneeflocken flogen auch ein paar Mandarinen vom Einkauf durch die Luft. Atemlos blieb er auf dem Rücken liegen. Nur eine Armlänge von ihm entfernt fand sich auch Olivia keuchend auf dem Boden, allerdings lag sie bäuchlings.

Immer noch total berauscht von ihrer Schlittenfahrt der besonderen Art robbte Heinz über den kalten Boden zu ihr rüber. Dass seine Schwester nur ein kleines Stück entfernt stand, hatte er wieder völlig vergessen.

„Dieser Tag war echt voller Wunder", schnaufend lachte Olivia auf. „Und er ist noch nicht vorbei", mit diesen verheißungsvollen Worten hauchte Heinz ihr einen Kuss auf die bebenden Lippen und spürte dabei den eisigen Boden rau an seiner Wange.

14

Let it snow! Let it snow! Let it snow!

„Wir gucken keinen Horrorfilm!", stellte Mario keinen Widerspruch duldend klar. „Aber es ist ein Weihnachtsfilm!", beharrte Evalotta genauso entschlossen. „Noch schlimmer! Weihnachten hat nichts mit Horror zu tun!", entgegnete Mario unbeirrbar.

„Du hast schon den letzten Film ausgesucht, jetzt bin ich dran! Und nach der lahmen Schnulze müsste ich als Ausgleich sogar zweimal dran sein!", herausfordernd stemmte Evalotta die Arme in die Hüfte. „Aber doch kein Horrorfilm!", Mario hatte richtig wehleidig das Gesicht verzogen.

„Na gut", nahm sie sich ein Herz und verdrehte die Augen: „Du bist wirklich eine Memme." „Hey!", beschwerte er sich sofort, allerdings nicht besonders gekränkt.

Auf Evalotta konnte er nie wirklich sauer sein, dafür war sie viel zu süß, auch wenn man ihr das besser nicht so direkt sagte. Sie war tierisch stolz darauf, dass sie eine unabhängige, entschlossene und erfolgreiche Frau war, süß passte da nicht ganz so dazu. Und die meisten würden sie auch eher als einschüchternde Persönlichkeit bezeichnen, aber wenn man sie mal näher kannte, war sie einfach nur süß. Zumindest sah Mario das so.

„Denkst du deine Nerven verkraften wenigstens einen Actionfilm?", fragte sie ihn mit schelmisch hochgezogenen Augenbrauen. „Ich denke schon, gerade so vielleicht", antwortete er gespielt theatralisch: „Aber du musst meine Hand ganz fest halten, damit ich mich nicht fürchte."

Demonstrativ knackte sie mit den Fingern: „Kein Problem." „Vielleicht verzichte ich auch lieber aufs Händchenhalten", entschied er sich schnell um. „Du bist ja ganz mutig", stichelte sie ihn ein bisschen.

„Ich bin sogar so mutig, dass ich mich alleine in die Küche wage, um das Popcorn zu machen, während du einen neuen Film aussuchst", Mario war echt stolz auf diese fließende Überleitung.

Zufrieden verschwand er aus dem Wohnzimmer. Mit Evalotta herumzualbern war einfach immer so schön. Nein, schön war dafür noch ein viel zu schwacher Ausdruck, aber ihm fiel einfach kein besserer ein, der nicht total schwülstig geklungen hätte. Auf ihre gemeinsamen Filmabende freute er sich immer die ganze Woche.

Nachdenklich beäugte er die beiden Packungen Mikrowellen-Popcorn, die Evalotta noch da hatte. Karamell und klassisch süß. Eigentlich mochte er das normal süße mehr, Karamell war ihm etwas zu zuckrig, aber Evalotta verschlang das Zeug richtig und wenn sie schon nicht ihren Wunschfilm bekam, sollte sie wenigstens ihr Wunschpopcorn kriegen.

Total aufopferungsvoll legte er die braune Tüte in die Mikrowelle und kramte aus einem der Schränke eine große, orangene Schüssel. Fast schon seltsam wie gut er sich mittlerweile in ihrer Küche auskannte, das war für ihn völlig selbstverständlich geworden.

Knallend ploppten die ersten Maiskörner in der Mikrowelle, es klang fast wie eine Schießerei. Davon würde er ja heute im Fernsehen wahrscheinlich noch massenweise zu sehen bekommen. Evalottas Filmgeschmack war schon ziemlich gewöhnungsbedürftig, aber für einen schönen Abend mit ihr konnte er sich auch mal sowas antun.

Langsam beruhigte sich das Gefecht in der Mikrowelle. Die Anzeige zählte die Sekunden runter. 10... 9... 8... 7... In ihm regte sich wieder diese ausgelassene, scherzhafte Stimmung und er machte sich für einen explosiven Spion-Moment bereit, ganz passend zu Evalottas Filmauswahl. Genau. Mario würde die gefährliche Mikrowelle ganz dramatisch in der letzten Sekunde entschärfen. 4... 3... 2... Er sprang vom Stuhl auf und...

Plötzlich ging die Mikrowelle einfach aus, auch das Licht ging aus, alles ging aus.

Aus dem Wohnzimmer hörte er einen erschrockenen Laut, den er wahrscheinlich süß gefunden hätte, wenn er nicht selbst gerade wie versteinert in der Dunkelheit stehen würde. Und schon im nächsten Augenblick verwandelte sich ihr Schreck in einen Vorwurf: „Was hast du mit der Mikrowelle angestellt?!"

„Gar nichts!", beteuerte er sofort: „Das war ich nicht!" „Und wer war es dann?", entgegnete sie und er konnte klar vor Augen sehen, wie sie taff die Hände in die Hüfte stemmte oder vielleicht auch die Arme vor der Brust verschränkte. Er würde wetten, dass sie jetzt in einer der beiden Posen dastand.

„Ich komm mal zu dir rüber", sagte er und wollte seinen Worten auch Taten folgen lassen. Die Betonung lag leider auf „wollte". Fest stieß er mit dem Fuß gegen die Anrichte und unterdrückte einen Fluch. Kurz hüpfte er auf dem anderen Bein und presste schmerzhaft die Lippen aufeinander.

Als er sich wieder gefangen hatte, fing er an, vorsichtig mit den Händen die Dunkelheit abzutasten. Mario konnte absolut gar nichts sehen. Fiel der Schnee draußen etwa schon so dicht, dass er das Licht der Straßenlaternen vollständig verdeckte oder... war der Stromausfall vielleicht nicht nur auf das Haus begrenzt?

Er musste das einfach überprüfen! Behutsam arbeitete er sich Stück für Stück in die Richtung vor, in der das Fenster sein müsste. Dabei tastete er sich an der Anrichte entlang, bis er schließlich den Küchentisch erreichte, der ihm einen zweiten pochenden Zeh verpasste, als er treffsicher das kantige Tischbein erwischte.

Auf einmal entdeckte er vor sich im Fenster ein Leuchten. Aber es passte gar nicht zu dem rötlichen, gedämpften Licht der Straßenlaternen. Es war grellweiß und auch irgendwie punktierte, wie ein Stern oder eine Art Scheinwerfer... Ein Stern würde es ja wohl kaum sein, dafür hing die mysteriöse Lichtquelle zu tief und war zu hell.

„Hast du dich verlaufen?", fragte eine etwas spöttische Stimme hinter ihm und als er sich umdrehte sah er Evalotta mit ihrem Handy in der Hand. Im Fenster hatte er nur die Spieglung der Handy-Taschenlampe gesehen. Bei dieser Erkenntnis fühlte er sich ziemlich dämlich.

„Kommst du?", auffordernd schaute sie ihn an. „Ähm. Ja. Natürlich", gab er sehr intelligent von sich und folgte ihr zurück ins Wohnzimmer. „Es sieht aus als wäre im ganzen Ort der Strom weg. Ich rufe mal meinen Stromanbieter an. Wenn du willst, kannst du ein paar Kerzen anzünden. In dem Schrank da, zweite Schublade von unten", noch während sie sprach, tippte sie irgendetwas an ihrem Handy rum.

Mario kannte sie mittlerweile gut genug, um zu wissen, dass man sie besser nicht störte, wenn sie gerade so entschlossen an einer Sache dran war und so ging er ganz brav zum Schrank und holte ein paar Kerzen. Eine hatte sogar die Form eines Engelchens, wäre doch passend zur Weihnachtszeit! Gerade als er sie aufstellen wollte, entschied er sich jedoch noch einmal um. Wenn die Kerze angezündet wurde, würde ihr der Kopf wegschmelzen und das wäre wohl eher makaber als weihnachtlich.

Aber es gab noch genug andere Kerzen und weil der Feuerschein so schön warm und romantisch war und draußen so ein Sauwetter herrschte, machte er auch noch gleich ein schönes, prasselndes Feuer im Kamin.

Ungeduldig tigerte Evalotta im Raum hin und her, während sie in der Warteschleife hing. Dann wurde sie durchgestellt und es ging richtig los. Mario fiel ein, dass in der Mikrowelle ja noch Popcorn wartete und obwohl es nicht seine Lieblingssorte war, füllte er es in eine Schüssel und knusperte die süßen Wölkchen. Diese Show verlangte nach Popcorn.

Der arme Pechvogel der am anderen Ende der Leitung saß. Evalotta konnte schon sehr... leidenschaftlich sein.

Schließlich beendete sie das hitzige Telefonat und wandte sich immer noch mit zornroten Wangen an ihn „Es gab wohl eine Störung. Sie gehen davon aus, dass die Strommasten unter dem Gewicht des Schnees eingestürzt sind", gab sie ihm nur schwer beherrscht Auskunft.

„Popcorn?", bot er ihr ruhig die Schüssel an. Er konnte sich Schlimmeres vorstellen, als bei Kerzenlicht gemütlich auf Evalottas Sofa zu sitzen.

„Du hast schon die halbe Schüssel leer gefressen!", bemerkte sie anklagend. „Es war einfach zu verlockend", meinte er mit einem entschuldigenden Lächeln. Missmutig stopfte sie sich eine

Handvoll Popcorn in den Mund und ließ sich dann neben ihn aufs Sofa plumpsen.

„Mit dem Film wird das dann wohl nichts mehr", nuschelte sie enttäuscht. Die Romantik eines Stromausfalls ging offensichtlich voll an ihr vorbei, na ja, Romantik im Allgemeinen ging meistens an ihr vorbei.

„Wir könnten ja etwas anderes machen...", schlug er vorsichtig vor. „Etwas anderes?", wiederholte sie mit misstrauisch hochgezogenen Augenbrauen. Unruhig räusperte er sich und was über seine Lippen kam, überraschte ihn selbst: „Lesen." „Lesen?", war Evalotta etwa zu seinem skeptischen Echo mutiert? „Oder singen... Weihnachtslieder?", er wurde immer unsicherer. Was redete er da für einen Schwachsinn?! Am liebsten hätte er sich selbst geohrfeigt. „Singen?", es kam ihr so vor als würden ihren Augenbrauen noch ein Stück höher wandern.

Mario wusste genau, dass sie zum Lesen viel zu ungeduldig war und dass sie es hasste vor anderen Leuten zu singen, obwohl sie die Stimme eines Engels hatte. Durch Zufall hatte er sie einmal leise singen gehört, als sie dachte sie wäre alleine. Nur würde sie das wohl kaum freiwillig wiederholen. Dümmer hätte er sich nicht anstellen können!

Eine unangenehme Stille senkte sich über den Raum, die Evalotta schließlich mit einem ziemlich schnaubenden Seufzen unterbrach: „Wenn schon Strommasten umkippen, solltest du vielleicht heute früher fahren. Es sieht nicht aus, als würde es bald aufhören zu schneien und umso länger du wartest, desto schlimmer wird es nur."

Das waren nicht gerade die Worte gewesen, auf die er gehofft hatte. Immerhin war das einer ihrer gemeinsamen Fernsehabende! Dieser eine Abend in der Woche gehörte nur ihnen beiden und er wollte nicht, dass ein bisschen Schnee ihnen diese Zeit stahl!

Aber es war ja lieb, dass sie sich Sorgen darum machte, dass er sicher nach Hause kam. Wenn sie nur verstehen würde, dass sie sein zu Hause war…

„Du hast Recht. Ich sollte bald fahren", gab er sich geschlagen, aber noch war er nicht fertig: „Aber ich finde zuerst sollte ich singen, der Gerechtigkeit halber." Verwirrt schaute sie ihn an.

„Die Filme sind ja quasi unsere Unterhaltung, wenn wir uns treffen und da es gerade keinen Film gab, warst du meine Unterhaltung, wie du die Leute vom Stromanbieter fertig gemacht hast. Mit dieser diabolischen Ader erinnerst du mich ein bisschen an den Grinch", plapperte er drauf los.

„Ist das jetzt ein Kompliment oder eine Beleidigung?", bohrte sie nach und ihre Augenbrauen waren schon wieder hochgezogen. Irgendwann bekam sie davon bestimmt schreckliche Falten! Und er würde jede davon lieben.

„Hallo?! Der Grinch ist mein absoluter Lieblingsweihnachtsfilm! Natürlich war das ein Kompliment!", entgegnete er voller Überzeugung.

„Ich wäre ja nie darauf gekommen, dass es dein Lieblingsweihnachtsfilm ist. Ist ja nicht so als hättest du die keinen-Film-zweimal-Regel dafür gebrochen", erwiderte sie ironisch. „Das eine war der mit Menschen gespielte und das andere die Animation. Also rein faktisch zwei verschiedene Filme", betrieb er ein bisschen Haarspalterei: „Aber der mit Menschen gespielte ist doch viel besser. Ich meine…"

„Was hat das jetzt damit zu tun, dass du singen willst?", unterbrach sie ihn unschlüssig. „Du warst meine Unterhaltung, jetzt will ich deine sein. Und du kannst bei dieser Musical-Komödie deinen rechtmäßigen Anteil Popcorn essen", erklärte er seinen spontanen Gedankengang. „Wenn du singst, wird es eher ein Drama als eine Komödie", neckte sie ihn ausgelassen.

Grinsend machte er auf dem Handy das perfekte Lied an. Mario konnte sehen wie es in ihrem Gesicht arbeitete, als sie versuchte das Jazz-Lied zu erkennen. Dann kam der Text und sie prustete vor Lachen los.

Es war „Let it snow!" von Sinatra und zusätzlich zu der Tatsache, dass dieses Lied gerade wie die Faust aufs Auge passte, war Marios Gesangseinlage alles andere als eine würdige Sinatra-Imitation. Ohne Hemmungen stolperte er über den Text und wenn er sich vorstellte, wie affig er aussehen musste, konnte er sich das Lachen kaum verkneifen, was seinen Gesang nur noch übler klingen ließ.

Schließlich war das Lied zu Ende und er verbeugte sich spaßhaft. Laut jubelte sie und klatschte wild Applaus. Dabei fiel ihr sogar die Schüssel vom Schoß, aber bis auf ein paar harte, nicht aufgegangene Körner, hatte sie sie sowieso schon alle gegessen.

Einen Moment blieb er noch vor dem Fernseher stehen und schaute einfach in ihr strahlendes Gesicht. Es gab kaum etwas Schöneres als sie glücklich zu sehen.

Dann stand sie auf ihre zielstrebige Art auf und meinte: „Es ist wohl Zeit zu fahren." „Es ist wohl Zeit zu fahren", wiederholte er mit einem leicht wehmütigen Nicken. „Aber es war auch ohne Film sehr schön heute", warm lächelte sie ihn an. „Es war auch ohne Film sehr schön heute", sprach er ihr nochmal nach und sofort wurde der liebevolle Ausdruck in ihren Augen angriffslustig: „Hör auf mich nachzuäffen."

„Ich äffe dich doch gar nicht nach", Mario tat ganz unschuldig und er hatte anfangs sogar wirklich nicht die Absicht gehabt, sie damit zu sticheln. Frech schupste sie ihn leicht. „Hey! Du hast damit eben doch angefangen!", verteidigte er sich lachend. „Aber da hast du ja auch totalen Schwachsinn geredet!", rechtfertigte sie sich voller Überzeugung.

Sehnsüchtig warf er einen Blick auf diese unglaubliche Frau und meinte dann schweren Herzens: „Ich glaube ich sollte jetzt los." „Ich begleite dich noch zur Tür", bei diesen Worten legte sie ihm kurz die Hand auf den Rücken, eine unschuldige Geste, die sich für ihn so bedeutend anfühlte. Während er seine Schuhe und alles anzog, konnte er die ganze Zeit nur daran denken wie gerne er noch länger geblieben wäre. Er öffnete die Tür und wollte sich dabei noch richtig verabschieden, doch die Worte blieben ihm im Hals stecken. Von seinem Auto war nur noch ein Schneehaufen zu erkennen und die pechschwarze Dunkelheit mit dem dichten weißen Schleier, wirkte alles andere als verlockend.

Mitfühlend war Evalotta neben ihn getreten: „Willst du hier vielleicht übernachten?" Völlig überrascht von ihrem Angebot fuhr er zu ihr herum. „Auf dem Sofa", stellte sie schnell klar. „Natürlich!", antwortete er immer noch total baff. Sie hatte ihm erlaubt bei ihr zu schlafen, das war so... er wusste gar nicht wie er es beschreiben sollte!

Evalotta holte ihm ein paar zusätzliche Kissen und Decken, allerdings hätte er um bei ihr zu sein sogar freiwillig auf dem harten Boden geschlafen. Bis sie in ihr Schlafzimmer ging, redeten sie noch eine halbe Ewigkeit. Längst war das Feuer im Kamin heruntergebrannt, bis sie sich schließlich voneinander trennten und sie gab ihm sogar einen kleinen Gute-Nacht-Kuss auf die Wange. Das beste Weihnachtsgeschenk, das er sich vorstellen konnte!

Und da lag er nun, auf Evalottas Sofa und bekam das Grinsen nicht aus dem Gesicht. Ein kleiner verwegener Gedanke schlich sich in seinen Kopf:

Was, wenn es diese Nacht noch so stark schneite, dass man auch morgen noch nicht weg kam, oder vielleicht sogar noch länger? Let it snow, let it snow, let it snow!

15

Joy to the world

Sie saßen in ihrem kleinen Probenraum oben im Bürgerhaus. Obwohl es draußen eisigkalt war, hatte ihr Schlagzeuger unbedingt ein Fenster zum Lüften aufmachen müssen und der frostige Luftzug ließ die Blätter auf den Notenständern zittern.

Gerade spielten sie ein Medley von Weihnachtsliedern durch, das sie seit Jahren immer auf dem Weihnachtsmarkt brachten. Die alteingesessenen Mitglieder kannten das Stück mittlerweile in- und auswendig, allerdings schlich sich selbst bei ihnen hier und da mal ein falscher Ton dazwischen.

Nick war noch nicht ganz so lange Vereinsmitglied, aber wie sollte das auch gehen, wenn einige von ihnen schon länger dabei waren, als er überhaupt lebte? Letztes Jahr war er für den recht undankbaren Weihnachtsmarkt-Auftritt ausgefallen, doch dieses Mal musste er wohl mit dran glauben.

Kaum jemand interessierte sich für die Musiker, sie könnten genauso gut ein Radio aufstellen. Die meisten Leute waren eh einfach nur damit beschäftigt lecker duftende Waffeln zu essen oder Kakao oder Glühwein oder andere Leckereien, während sie sich die Finger abfroren und all diese verlockenden Gerüche schnuppern durften, aber nichts davon essen. Pure Folter.

Angestrengt kniff der Posaunenspieler die Augen zusammen und versuchte seine Noten zu entziffern. Er hatte nur die Kopie einer Kopie einer Kopie (keine Ahnung wie viele Kopien noch dazwischen waren) bekommen und jetzt war von den Notenlinien kaum noch was übrig. Der Ton da könnte ein b sein oder vielleicht doch eher ein g? Unmöglich zu sagen.

Planlos spielte er einfach irgendwas. Auf dem Weihnachtsmarkt würde das sowieso nicht auffallen. Da waren die Instrumente wegen der Kälte eh immer verstimmt und einige seiner Mitmusikanten schon leicht angetrunken, was auch bei ihnen für eine nette Neuinterpretation der Noten führte.

Gerade hatten sie den Teil „Joy to the world" erreicht. Der Besitzer der Noten, von denen Nick die Kopie hatte, hatte an dieser Stelle irgendetwas markiert gehabt und jetzt war da kaum noch was zu erahnen! Da hieß es wohl fröhliche Improvisation.

Plötzlich rutschte ihm das Handy aus der Hosentasche und landete mit einem satten Klatschen voll auf dem Display. Überrascht drehte Nick den Kopf und sein Posaunenzug rutschte ihm aus der Hand. Scheiße. Der dumpf scheppernde Aufprall ging in der tosenden Weihnachtsmusik völlig unter. Schwungvoll schlitterte der Posaunenzug nach vorne, direkt unter Annalottas Stuhl und bis zu ihrem Fuß.

Vor Schreck quiekte sie schrill auf und sie schmiss ihren Notenständer um. Zum Glück kippte das Ding einfach nur nach vorne und riss nicht im Dominoeffekt alle aus der Reihe mit. Diese Kettenreaktion war schon auffällig genug.

Verwirrt verstummten alle Musiker und starrten zu ihnen rüber.

Obwohl er sich hier sonst echt wohlfühlte, bei all den geselligen Hobby-Instrumentalisten, war ihm dieser Moment ziemlich unangenehm.

Schnell steckte er sich sein Handy wieder in die Hosentasche und entschuldigte sich fahrig: „Tut mir leid! Das war mein Zug!" Gerade dachte er nicht so weit, den Rest seiner Posaune auf den Posaunenständer zu stellen und er bückte sich ziemlich umständlich nach seinem weggeworfenen Teil.

Hoffentlich hatte das Ding keine ernsten Dellen abbekommen, das wäre richtig übel. Mit Dellen im Trichter oder sonst wo, konnte man ja noch weiter spielen, aber mit einem verbeulten Zug war das Spiel aus und die Reparatur würde schön teuer werden.

Nick lehnte sich wacklig noch ein Stück weiter vor, um seinen Zug zu erreichen. Hah! Endlich schlossen sich seine Finger fest um den Griff, den er beim Spielen immer locker zwischen den Fingern klemmen hatte.

Doch genau in dem Moment zog Annalotta von vorne an der gebogenen Metallröhre. Wahrscheinlich hatte sie auch vorgehabt den Zug aufzuheben. Damit hatte er nicht gerechnet. Der kleine Ruck reichte und er verlor das Gleichgewicht.

Weit riss er die Augen auf und kippte haltlos nach vorne. Fest knallte er mit der Stirn genau gegen die Stuhllehne von Annalottas Stuhl und sackte dann irgendwie seitlich weg. Zum Glück nicht auf die Seite, auf die er immer noch die Posaune hielt. Unter seinem Körpergewicht hätte er sein schönes Instrument ganz sicher geschrottet.

„Oh Gott!", rief Annalotta geschockt und bevor er überhaupt richtig realisiert hatte, dass er auf dem Boden des Probenraums lag, hatte sie sich schon neben ihn gekniet und schaute besorgt auf ihn herab.

„Nick! Nick! Ist alles in Ordnung?!", nicht gerade sanft hatte sie ihn an der Schulter gepackt. Wenn Typen in Filmen niedergeschlagen wurden, legten die Frauen doch immer so fürsorglich den Kopf des Verwundeten auf ihren Schoß und strichen ihm meistens noch liebevoll durch die Haare. Warum bekam er nur so einen brutal starken Todesgriff, der seine Schulter zu Hackfleisch verarbeitete?!

Na ja, vielleicht wäre es auch ein bisschen übertrieben zu sagen, der Stuhl hätte ihn niedergeschlagen... Nein, der Stuhl war nur zur falschen Zeit am falschen Ort gewesen. Es war ganz klar Annalottas Schuld.

„Nick!", wiederholte sie seinen Namen noch einmal und beugte sich so tief über ihn, dass ihre dunklen Haare nach vorne fielen und ihn im Gesicht kitzelten. Stöhnend drehte er sich auf den Rücken und schob dabei mit der Hüfte seinen Stuhl ein Stück nach hinten.

„Ich befürchte, es ist nicht alles in Ordnung…", nach einer dramatischen Pause fügte er mit einem frechen Grinsen hinzu: „Du musst wohl eine Mund zu Mund Beatmung machen." So unbedeutend wie er es darstellte, war es allerdings doch nicht. Als er zu ihr hochblinzelte, sah er sie verschwommen doppelt.

Das war wirklich ein heimtückischer Stuhl gewesen. Man sollte mal einen Actionfilm darüber drehen: „Game of Stühle – Die Rache." Klang doch nach einem Hit.

Erleichtert gab Annalotta eine Art Lach-Schnauben von sich und verpasste ihm einen kleinen Klaps auf den Kopf, bevor sie wieder aufstand. Autsch! Dieser kleine Schlag hatte für ein fieses Pochen gesorgt. Aber Nick gab sich alle Mühe, sich die Schmerzen nicht ansehen zu lassen. Er wollte nicht wie ein mitleiderregendes Irgendwas rüberkommen.

„Ich würde sagen, wir machen jetzt Pause", verkündete ihr Dirigent und löste damit die Anspannung, die noch immer über diesem Moment gelegen hatte. Etwas schwerfällig richtete Nick sich auf und auch die anderen Musiker erhoben sich. Einige von ihnen warfen ihm noch besorgte Blicke zu, aber mit dem dummen Spruch von eben hatte er eigentlich schon bewiesen, dass es ihm nicht allzu schlecht gehen konnte.

Wie immer in der Pause versammelten sich alle vor dem Kühlschrank, um sich ein nettes kleines Bierchen zu genehmigen, manche bevorzugten auch einen Sprudel, aber Nick brauchte jetzt ganz klar ein Bier.

Eine Spur zu ruckartig öffnete er den Kühlschrank und das kleine Pappschälchen auf dem obersten Gitter, in dem sie immer ein bisschen Münzgeld von der Getränkekasse hatten, kippte um. Klackernd rieselten die Münzen nach unten wie in einem Spielautomat aus dem Casino.

Alle stöhnten mehr oder weniger ernsthaft auf. Das passierte fast jede Woche und man sollte meinen, sie würden daraus lernen und sich einen anderen Platz für dieses Pommesschälchen voll Geld suchen, doch das taten sie nicht. Nick war es ein Rätsel, warum es überhaupt im Kühlschrank untergebracht war, immerhin hatten sie eine ganz normale Kasse. Aber die Debatte würde er jetzt sicher nicht führen.

„Ich räume das später auf", verkündete er, nicht unbedingt in der Absicht es auch tatsächlich zu tun und holte sich sein Bier. Normalerweise machte er es immer mit seinem Mundstück, der Tischkante, einer anderen Flasche oder sonst etwas auf, doch dieses Mal benutzte er ganz langweilig den Flaschenöffner.

Sein Schädel brummte immer noch ein wenig und nach dem ersten wunderbar frischen Schluck, hielt er sich die kühle Flasche an die Stirn. Gedankenverloren schaute er auf Annalottas Stuhl und ihre Klarinette die feinsäuberlich daneben auf ihrem Ständer ruhte.

Er erinnerte sich noch an eine Probe, nicht lange nachdem er neu dazugekommen war. In der Pause hatten sie wieder ganz gemütlich zusammengesessen und so richtig klischeehafte Musikerwitze gerissen. Sachen wie: „Was haben Vampire und Trompeter gemeinsam? – Tierische Angst vor Kreuzen!" oder „Was ist statistisch gesehen die häufigste Krankheit bei Tubisten – Tubakulose!" und natürlich das Standardvorurteil, dass Posaunisten immer quasseln mussten, was bei Nick allerdings schon ziemlich wahr war.

Und dann hatte er einen Spruch zum Besten gegeben, den er noch aus seinem vorigen Orchester kannte: „Wie klingt eine Klarinette am besten? – Knisternd im Feuer!" Als Holzblasinstrumente boten sich Klarinetten einfach für allerlei Feuerwitze an.

Feurig hatte Annalotta ihr Instrument gepackt und ihm spaßhaft gedroht: „Nein, sie klingen noch viel besser, wenn man mit ihnen auf einen hohlen Kopf trommelt!" In diesem Moment hatte er sich wohl in sie verliebt. Sie war lustig, selbstbewusst, freundlich und so leidenschaftlich, wenn sie Klarinette spielte, einfach wundervoll.

Und was machte er? Nur dumme Sprüche. Aber wenn sie darüber lachte, war das so schön…

„Versuchst du deinen neuen Erzfeind mit Blicken einzuschüchtern?“, locker stellte sie sich neben ihn und nahm einen Schluck Sprudel. Sofort zogen sich seine Mundwinkel bis zum geht nicht mehr nach oben und er nahm die Flasche wieder von seiner Stirn. Wie sollte man bei ihrer frechen Liebenswürdigkeit auch nicht grinsen?

„Wie geht es deinem Dickschädel?“, eine Spur Sorge hatte sich in ihre Stimme geschlichen. „Er fühlt sich dick und schädelig an“, antwortete er dämlich und gleichzeitig wahrheitsgemäß, sein Kopf kam ihm wirklich dicker vor als sonst und schwer und drückend: „Aber es lässt schon langsam nach.“

„Lass mich mal sehen“, verlangte sie sogar ziemlich fürsorglich und stellte ihr Getränk auf einem Tisch in der Nähe ab. Gefügig neigte er sein Haupt vor ihr. Sanft strich sie über seine Haut und obwohl ihre Finger von der gekühlten Flasche ganz kalt waren, ließ ihre Berührung ihn von innen förmlich glühen.

„Es ist ein bisschen rot und wird wohl eine kleine Beule“, beurteilte sie sehr fachmännisch und ließ die Hände dann wieder sinken. Fast hätte er enttäuscht protestiert. Dieser kleine Moment war so wunderschön gewesen, er wollte ihre Finger wieder spüren, ihre Nähe…

„Ich wollte dich schon immer mal küssen“, hatte er das gerade wirklich laut gesagt?! Scheiße! Verdammt! Scheiße! Schlagartig war nicht nur seine Stirn ein bisschen rot. Für einen Moment schaute Annalotta ihn total überrascht an und dann erwiderte sie mit einem lässigen Grinsen genau das Richtige: „Und ich wollte dich schon immer mal schlagen."

Sie hatte diesen Moment so perfekt gerettet! Sie war unglaublich!

„Na ja, streng genommen hast du mich eben schon geschlagen", redete er wieder vollkommen unbeschwert, auch wenn sein Herz vor Aufregung ein ordentliches Accelerando hinlegte. „Den kleinen Stupser nennst du einen Schlag? Was bist du denn für eine Mimose!", witzelte sie mit funkelnden Augen.

„Wenn das nur ein Stupser war, ist das hier nur eine Mund zu Mund Beatmung", ohne nachzudenken machte er einen Schritt auf sie zu. Ihre Gesichter waren so nah. Nick konnte ihren zitternden Atem auf seiner Haut spüren. „Warum zögerst du?", ihre Stimme klang ganz atemlos. Wollte sie es etwa auch? Der Gedanke war so unfassbar berauschend.

„Damit du noch eine Chance hast mich wegzustoßen, wenn ich nur ein aufdringlicher Posaunist mit Gehirnerschütterung bin", murmelte er und er konnte seinen Blick gar nicht mehr von ihren Lippen abwenden.

„Du bist ein aufdringlicher Posaunist", stellte sie flüsternd klar: „Aber du hast kein Gehirn, das man erschüttern könnte." Musste sie ihn sogar in dieser Situation necken?! „Alle sehen uns zu", erinnerte sie ihn sanft daran, dass sie immer noch im Probenraum waren und nicht an einem stillen Ort, nur für sie beide, auch wenn es sich für einen Moment so angefühlt hatte.

Blinzelnd kam er wieder im hier und jetzt an. Annalotta hatte natürlich recht. Er hatte kein Gehirn, ansonsten wäre er nie auf die Idee gekommen, sowas vor all den anderen Musikern zu machen. Das wäre die Krönung der Peinlichkeit geworden.

Immer noch ohne auch nur eine Sekunde fürs Denken zu verschwenden, küsste er einfach ihre Nasenspitze und meinte dann ganz verwegen: „Ich finde mit einer Gehirnerschütterung sollte ich nicht alleine nach Hause gehen."

„Du bist wirklich unmöglich!", lachte sie strahlend.

„Ist das ein Ja?", fragte er grinsend. „Vielleicht", antwortete sie mit dem gleichen verheißungsvollen Gesichtsausdruck und er hatte es sich noch nie so dringend gewünscht, dass die Probe endlich zu Ende war.

16

Have yourself a merry little Christmas

Schon seit Silvia denken konnte, stand vor ihrem Haus diese große Tanne und jedes Jahr schmückten sie den mächtigen, grünen Baum mit Lichterketten und mehr oder weniger wetterfestem Weihnachtsschmuck.

Besonders wichtige Verzierungen waren dabei ein paar kleine Holzscheiben mit Motiven wie Schneeflocken oder Herzen, die sie vor etlichen Jahren mit einem Brennkolben eingebrannt hatten. Sogar die damals noch sehr junge Silvia hatte eine verzieren dürfen, allerdings konnte rückblickend niemand mehr sagen, was die abstrakten Punkte und Linien darstellen sollten.

Leider waren diese kleinen Schätze vom Regen und allem schon ziemlich dunkel geworden und es war nur eine Frage der Zeit, bis sie kaputt gehen würden. Doch sie waren zu schade, um sie als Erinnerungsstücke in irgendeiner Kiste aufzuheben, sie mussten einfach an der Tanne hängen, dort gehörten sie hin.

Jahr für Jahr war ihr Vater auf eine große Leiter geklettert und hatte ganz oben auf die Spitze eine Engelsfigur gesteckt, die traditionsgemäß von Silvia eingekleidet wurde. Früher hatte das Engelchen meistens irgendwelche Tücher wild festgeknotet bekommen und in diesem Aufzug hatte es eher wie ein Bettler als ein Gesandter Gottes gewirkt. Mit der Zeit hatte Silvia ihre Begeisterung fürs Nähen entdeckt und seitdem waren die Gewänder des Weihnachtsengels immer feiner und kunstvoller geworden.

Und dann war ihr Vater dieses Jahr gestorben und es hatte sich so falsch angefühlt, die Tanne ohne ihn zu schmücken. Deswegen hatte sie die Fertigstellung des diesjährigen Kleides auch so lange heraus gezögert. Normalerweise legte sie immer sehr viel Wert darauf, dass es pünktlich zum ersten Dezember fertig war, aber ohne ihren Vater... Irgendwie war es nicht das Gleiche...

Gedankenverloren hielt sie die alte Engelsfigur mit ihrem neuen weiß-silbernen Kleid in der Hand und schaute die Leiter hoch, die ihr Vater so viele Male erklommen hatte. Jetzt an seine Stelle zu treten fühlte sich einfach nicht richtig an. Doch genauso wenig wollte sie ihre schöne, kleine Weihnachtstradition aufgeben. Sie wollte all die wundervollen Erinnerungen in Ehren halten, ihn in Ehren halten.

„Moin Silvia!", begrüßte Christian sie und sie war wirklich unglaublich dankbar, dass er sie damit aus diesen trüben Gedanken riss. „Hallo Chris", grüßte sie mit einem kleinen Lächeln zurück.

Neugierig schaute er auf das Engelchen in ihren Händen und meinte: „Du übertriffst dich wirklich jedes Jahr wieder selbst, aber ich glaube mein Favorit wird immer dieses elegante, blau-gelb geringelte Kleid mit den stylischen roten Gummis sein."

Bei der Erinnerung musste sie schmunzeln. Ihre Familien waren schon seit Ewigkeiten Nachbarn und dementsprechend lange kannten Christian und Silvia sich auch schon. Und bei einer ihrer sehr frühen Kleiderkreationen hatte sie eine seiner Lieblingssocken geholt, die sowieso schon komplett durchgelaufen war, hatte die Spitze abgeschnitten und den Rest mehr schlecht als recht ums Engelchen drapiert. Damit hatte die besondere Socke noch einen letzten feierlichen Auftritt gehabt.

Sie waren schon immer gute Freunde gewesen. Allerdings verloren sie sich immer phasenweise etwas aus den Augen, jetzt da sie beide von zu Hause ausgezogen waren und in der Nähe ihre eigenen, kleinen Wohnungen hatten. Da sah man sich eben nicht mehr so häufig, aber an den typischen Familienfesten trafen sie sich immer noch sehr verlässlich und sie verstanden sich so gut wie eh und je.

Christian merkte sofort, dass mit ihr etwas nicht stimmte und er konnte sich auch denken was. Wenn er recht hatte, würde sie eine Frage sicher nur traurig machen, also entschied er es indirekt anzugehen.

„Die Leiter sieht etwas wacklig aus", stellte er fest und kam locker zu ihr rüber geschlendert: „Was hältst du davon, wenn du sie festhältst und ich dein Kunstwerk an seinen Platz bringe?" Er konnte sehen, wie sie erleichtert ausatmete. „Ja, das ist eine gute Idee", stimmte sie ihm völlig ernsthaft zu, obwohl sie genau wusste, dass die Leiter keineswegs wacklig war.

Um den Schein zu wahren, hielt sie trotzdem die Leiter fest, während er nach oben stieg und sein Hintern sah dabei wirklich phänomenal aus... Was?! Solche Gedanken hatten nichts in ihrem Kopf verloren! Gerade eben war sie doch noch so melancholisch gewesen wegen ihrem Vater und allem und jetzt das.... Nein! Egal zu welchem Zeitpunkt war es falsch! Sie waren doch Freunde! Schon immer waren sie Freunde gewesen!

„Tadaa!", verkündete Chris und holte sie nun schon zum zweiten Mal aus der verstrickten Welt ihrer Gedanken. Er war wirklich ein guter Freund. Die Betonung lag eindeutig auf Freund.

Ein kleiner Windhauch fuhr durch die Tanne und ließ die Äste verträumt wippen, auch das kleine Kleidchen flatterte leicht. Irgendwie seltsam das es da oben thronte, als wäre alles wie immer, obwohl doch alles so anders war.

Gedankenverloren starrte sie nach oben und dachte zurück an all die glücklichen Jahre, in denen noch alles in Ordnung gewesen war...

Plötzlich rutschte Christians Fuß auf einer der Leitersprossen aus. Erschrocken riss er die Augen auf und versuchte noch sich festzuhalten, doch es war schon zu spät. Wie ein gefällter Baum kippte er nach hinten und zwar direkt auf Silvia. Auch sie brachte nicht mehr zu Stande als ganz große Augen zu machen.

Hart trafen die beiden auf dem mit Frost überzogenen Boden auf. Laut keuchte Silvia auf, als ihr die Luft aus den Lungen gedrückt wurde, schwer lag Christian auf ihr. Bequem war anders.

Für einen Moment war Christian viel zu überrumpelt um sich zu bewegen, im nächsten Moment ging ihm jedoch auf, dass er Silvia gerade unter sich zerdrückte und er robbte etwas umständlich von ihr runter. Neben ihr blieb er auf dem Boden liegen und grinste sie entschuldigend an: „Tut mir leid, ich wollte dich nicht so anfallen. Eigentlich hatte ich ja vor, ein paar Leitersprossen später ganz lässig abzuspringen."

„Jetzt bist du ganz lässig auf mich gesprungen", meinte sie immer noch ein wenig atemlos und legte die Hand auf ihren Bauch. Sie fühlte sich so platt gemacht! „Tut mir leid", entschuldigte er sich nochmal. „Ich vergebe dir", meinte sie total großzügig und grinste ihn schelmisch an. „Jetzt kann ich ruhig schlafen", witzelte Christian und legte theatralisch seine Hand auf die Brust. „Ich hätte auch nicht verantworten können, dir schlaflose Nächte zu bescheren", alberte sie weiter herum.

Ausgelassen sah sie ihn an und er erwiderte einfach nur ihren Blick. Doch sein Lächeln war irgendwie anders, sie konnte es gar nicht beschreiben, es war... verträumt und... liebevoll. Dieser kleine Moment dauerte nur einen Wimpernschlag, aber er verpasste ihr einen warmen, kribbelnden Schauer.

„Weißt du was ich jetzt gerne machen würde?", fragte er unvermittelt. Immer noch ganz eingenommen von diesem magischen Augenblick schüttelte sie einfach nur stumm den Kopf. „Einen Schneeengel", löste er grinsend auf. „Aber es liegt kein Schnee", stellte sie fest und konnte einfach nicht die Augen von seinem Gesicht abwenden.

Sie hatte ihn schon tausendmal angesehen, sein Gesicht war so vertraut und doch war etwas anders. Sie wusste nicht einmal was, aber es bestand kein Zweifel.

„Vielleicht haben wir keinen Schnee, aber ein Engel wäre schon mal da", mit diesen Worten warf er Silvia einen allessagenden Blick zu. Daraufhin verdrehte sie nur die Augen und gab ihm einen kleinen Klaps auf die Schulter: „Du bist blöd."

Jetzt drehte sie ihren Kopf doch wieder weg und sah zu den wippenden Ästen hoch, Äste voller Erinnerungen. Aus dieser Perspektive hatte sie den Baum noch nie gesehen, aber irgendwie fühlte sie sich unter den ausladenden Zweigen so behütet... Es war fast wie früher.

Sie erinnerte sich wie Christian und sie vor Ewigkeiten ein kleines Konzert gegeben hatten. Genau hier hatten sie gestanden, mit einer Blockflöte und einem kleinen Glockenspiel. Es war „Have youself a merry little Christmas" gewesen oder zumindest hatte es das darstellen sollen. Natürlich war es schepp und schief gewesen und niemand hatte auch nur ansatzweise gewusst, was sie da spielten. Doch sie alle hatten danach applaudiert und ihr Vater hatte sie lachend auf seine Schultern gehoben. Mit den Fingern hatte sie an den pieksigen Zweigen entlang gestrichen...

„Hey", sanft strich er mit seiner Hand über ihre Schulter. Er war echt gut als Gedanken-Wecker und alleine mit seiner Nähe hatte er auch den Seelentröster super drauf.

„Schon gut. Ich komm klar", kurz legte sie ihre Hand auf seine und stand dann auf. Silvia wollte nicht die Weihnachtszeit damit verbringen ständig der Vergangenheit nachzutrauern. Das hätte ihr Vater sicher nicht gewollt. Nein. Sie sollte sich freuen und glücklich zurückblicken, während sie voll und ganz im Moment lebte.

Hilfsbereit hielt sie ihm die Hand hin: „Ich muss noch einiges erledigen, aber es war wirklich schön, dich wieder zu treffen. Und danke, dass du das Engelchen hochgebracht hast."

Fest griff er ihre Hand und zog sie mit einem Ruck wieder zu Boden. Überrascht quietschte sie auf, als sie auf ihn plumpste. Dabei stach ihr Knie ziemlich fies in seinen Oberschenkel, aber er nahm den Schmerz kaum wahr.

„Es ist Weihnachtszeit, du solltest nichts erledigen müssen", zärtlich strich er ihr eine Haarsträhne aus dem Gesicht. „Ein Wunder wie du mit der Einstellung deinen Job behalten kannst", entgegnete sie scherzhaft, doch ihre Stimme klang so atemlos. Selbst durch die dicken Wintersachen konnte sie seine Wärme spüren und... seine Nähe war so anders... sie raubte ihr den Atem.

Ohne wirklich zu wissen, was sie eigentlich tat, kam Silvia mit ihrem Gesicht langsam näher an seins. Christians Pupillen waren ganz groß und sein Blick wanderte auf ihre vor Kälte leicht bläulichen Lippen.

Sie hatte das Gefühl irgendetwas sagen zu müssen, doch in ihrem Kopf waren keine Worte. Es war zu viel für Worte.

Sanft berührten sich ihre Lippen und eine unglaubliche Wärme flutete durch ihr Herz, das in letzter Zeit viel zu oft traurig gewesen war.

Irgendwie war alles so anders, aber vielleicht musste anders nicht schlecht sein. Zart strich sie mit ihren Fingern über seine glühende Wange. Das war auf jeden Fall alles andere als schlecht.

17

Carol of the bells

Laut klopfte Romina an die Haustür. An der Wand hing zwar eine Klingel, aber sie musste das Ding nicht einmal testen, um zu wissen, dass es defekt war, immerhin hatte sie hier den Auftrag eine neue Klingel zu installieren, weil die alte den Geist aufgegeben hatte.

Geduldig wartete sie einen Moment, doch der verstrich, ohne dass jemand reagierte. Also klopfte sie nochmals an. Ihre Geduld verflüchtigte sich langsam aber sicher.

Der Termin stand seit Tagen fest und sie war absolut pünktlich. Wenn Romina eins nicht leiden konnte, dann war es Unzuverlässigkeit.

Kurzerhand wählte sie die Nummer des Kunden. Die meisten ihrer Kollegen wären wahrscheinlich einfach wieder weggefahren, aber sie war da doch ein wenig hartnäckiger.

Nach dem zweiten Klingeln wurde abgehoben und eine ziemlich zerstreute Stimme brüllte regelrecht: „JA?!"

Mit feindseliger Höflichkeit entgegnete sie: „Guten Tag. Hier ist eine Angestellte der Firma Elektrik-Trick. Es wäre mir ein Vergnügen Ihr Haus mit einer Klingel auszustatten, sodass Sie zukünftig niemanden mehr vor der Tür warten lassen müssen."

„Oh Scheiße!", kam es vom anderen Ende der Leitung und etwas rumpelte geräuschvoll, was sie sowohl durchs Handy, als auch gedämpft durch die Tür hörte. Sehr charmant.

Ihr letzter Kunde war ein drolliger alter Opa gewesen, der ihr Tee und Weihnachtsplätzchen angeboten und ihr die ganze Zeit liebevoll von seinen neun Enkelkindern erzählt hatte.

Irgendwie hatte sie so das Gefühl, dass dieser Auftrag nicht ganz so knuffig und herzerwärmend werden würde.

„Ich bin gleich da!", gab der chaotische Kunde von sich und legte auf. Mit einem resignierten Seufzen steckte sie das Handy wieder weg. Auch Idioten brauchten Elektriker. Leider.

Allerdings hatte er nicht gelogen, schon im nächsten Moment wurde die Tür aufgerissen und ein ziemlich atemloser Mann erschien im Türrahmen. Er trug eine schlabbrige Jogginghose und ein T-Shirt mit der Aufschrift: „Ich spüre die Macht in mir. Könnte aber auch Hunger sein."

Aha, sehr lustig. Dazu standen seine karamellbraunen Haare erstaunlich wild in alle Richtungen ab, man könnte fast meinen, er hätte einen Stromschlag bekommen. Und die kleinen Bartstoppeln könnte er sich auch mal rasieren. Alles an seinem Auftreten schrie regelrecht: verpeilt und unordentlich.

Sogar seine Socken! Links hatte er eine rote mit Mistelzweig-Aufdruck und rechts eine komplett schwarze.

Romina wurde zu Weihnachten immer mit Socken überschüttet, vielleicht sollte sie ihm mal ein Paar abgeben...

„Dürfte ich vielleicht reinkommen und meine Arbeit machen?", fragte sie passiv aggressiv.

„Na-Natürlich", stammelte er immer noch total außer Atem und nachdem er einen Schritt zur Seite gemacht hatte, fügte er noch hinzu: „Es tut mir leid, dass ich Sie warten gelassen habe. Ich habe Sie nicht gehört und ganz vergessen, dass Sie schon heute kommen wollten. Es tut mir leid."

Dieses Geständnis besserte ihr Bild von ihm ein wenig. Nicht jeder konnte einfach einen Fehler eingestehen und sich aufrichtig entschuldigen. Das machte als Eigenschaft fast seine Unzuverlässigkeit wett. Allerdings war sie ja nicht hier, um ihn zu mögen.

Ohne viele Worte fing Romina an, die Klingel zu installieren. Eine ihrer leichteren Aufgaben. Übel wurde es meistens nur, wenn irgendwelche Heimwerker zuerst selbst versuchten etwas einzubauen, von dem sie überhaupt keine Ahnung hatten und dann ordentlich Schaden anrichteten. Was das anging, war hier alles sehr entspannt.

Weniger entspannt fand sie es, dass er die ganze Zeit bei ihr rumstand und sie wahrscheinlich permanent angaffte.

Wirklich unangenehm.

Irgendwann wurde es ihr zu blöd und sie warf einen dezenten Blick nach hinten. Verwirrt zog sie die Augenbrauen zusammen.

Er schaute gar nicht auf sie, sondern nach oben. Was war denn da?

Vor Schreck schrie sie auf und kippte nach hinten. Sofort war er zur Stelle und fing sie auf. Vollkommen erstarrt hatte sie den Blick nach oben gerichtet. An der Wandlampe hing einfach eine Schlange! Eine Schlange! Sie war die ganze Zeit nicht mal einen Meter über ihrem Kopf gewesen! Oh Gott!

Keuchend klammerte sie sich an die Arme, die sie immer noch stützten, seine Arme.

„Sie müssen keine Angst haben. Das ist nur eine Königsnatter, die sind nicht giftig und sie essen nur kleine Mäuse und sowas. Außerdem ist Yoda ein ganz Lieber. Er hat mich erst einmal gebissen und das war meine Schuld, weil er in der Häutung war und ich ihn gestört habe", versuchte er sie zu beruhigen und half ihr behutsam, sich wieder richtig aufzurichten, doch sie machte immer noch keine Anstalten ihn loszulassen.

„Es ist alles gut", wiederholte er ruhig und erkundigte sich dann, um sie so vielleicht ein bisschen abzulenken: „Wie heißen Sie eigentlich?"

„Romina", ihre Stimme klang ganz gepresst, aber das war doch schonmal eine Verbesserung zur Schockstarre.

„Das ist wirklich ein schöner Name. Ich heiße Chlodwig, aber Chlod ist mir lieber", stellte er sich auch vor und weil er gerade dabei war, nannte er gleich nochmal den Namen seiner Schlange: „Und das ist Yoda."

„W-warum haben Sie nicht gesagt, dass da... dass da... diese Schlange?!", zu der Panik mischte sich eindeutig auch eine anklagende Note. „Ich wollte Sie nicht erschrecken", erklärte er wahrheitsgemäß: „Normalerweise ist Yoda auch immer in seinem Terrarium, ich muss vergessen haben zuzumachen. Das tut mir leid. Aber sie müssen sich wirklich keine Sorgen machen."

Grummelig murmelte Romina etwas, das verdächtig nach: „Na schönen Dank auch", klang. Der Schreck schien also nachzulassen.

Gut. „Ich bringe Yoda dann mal wieder zurück in sein Terrarium", meinte Chlod ganz entspannt, ließ sie ein wenig zögerlich los und tappte zu Yoda rüber.

„Ähm... Machen Sie das einfach so? Brauchen Sie nicht Schutzkleidung oder so eine Zange?", wollte Romina immer noch ziemlich ängstlich wissen. Was, wenn dieses Vieh plötzlich auf sie zu kam?!

Er konnte sich ein kleines Lachen nicht verkneifen, auch wenn es vielleicht nicht so 100% angebracht war. „Ich hab doch schon gesagt, dass Königsnattern ungefährlich sind. Es kann nichts passieren", erwiderte er und streckte seine Arme furchtlos nach oben.

Locker schlängelte sich das Reptil runter auf seinen Arm.

Irgendwie eklig, wie sie sich so bewegte. Romina hasste Schlangen einfach! Und vielleicht hatte sie auch ein bisschen Angst vor ihnen. Bei dem Gedanken, dass dieses Vieh eben direkt über ihrem Kopf gewesen war, bekam sie eine Gänsehaut.

Langsam drehte er sich um und dieses rot geschuppte Ungetüm mit den weiß-schwarzen Ringeln wickelte sich weiter um seinen Arm, als wollte es ihn würgen! Rominas Puls beschleunigte sich.

„Wollen Sie ihn mal streicheln?", bot er ihr freundlich an. Hatte er den Verstand verloren?! „Nein!", sagte sie fast schon eine Spur panisch.

Auffordernd streckte er seinen freien Arm aus: „Bitte geben Sie mir Ihre Hand." „Vergessen Sie's!", fest drückte sie ihre Arme an ihren Körper und wich einen kleinen Schritt zurück: „Bringen Sie die Schlange einfach weg und ich mache meine Arbeit zu Ende."

„Vertrauen Sie mir bitte. Es wird nichts Schlimmes passieren. Ich will Ihnen nur etwas zeigen", ließ er nicht locker und seine Stimme klang ganz weich und beruhigend: „Sie müssen keine Angst haben." Der Ausdruck in seinen Augen war so warm und obwohl sie es nicht erklären konnte, glaubte sie ihm tatsächlich.

Zögerlich griff sie nach seiner Hand. „Gut", lobte er sie so verständnisvoll ruhig: „Sehen Sie? Alles ist gut. Es ist nur eine nette, kleine Schlange."

Chlod hatte ihre Hände so gedreht, dass seine Hand mit dem Handrücken zur Schlange zeigte und damit quasi ihre vor der nicht vorhandenen Gefahr schützte.

Mit seinem Handrücken fing Chlod an über die Schuppen der Schlange zu streichen und das Tier blieb völlig friedlich. Tief schaute er Romina in die Augen: „Es besteht gar kein Grund Angst zu haben." Gedankenverloren nickte sie und schien sich dabei schon ein wenig beruhigt zu haben, also wagte er es weiter zu gehen.

Ganz langsam, sodass sie noch genug Zeit hatte zu protestieren, wenn es ihr zu viel wurde, griff er ihre Hand anders. Jetzt hielt er ihren Handrücken warm in seiner Handfläche und drehte seine Hand so, dass nun ihre Finger direkt über der Schlange schwebten.

Scharf zog sie die Luft ein und er gab ihr einen Augenblick Zeit sich zu gewöhnen. Dann senkte er ihre Hand behutsam bis ihre Finger die glatte Haut der Schlange berührten.

Wie versteinert stand Romina da und spürte wie das Reptil unter ihren Fingern entlang glitt. Immer noch so sanft erkundigte er sich: „Wie fühlen Sie sich?" „Keine Ahnung", meinte sie ein wenig durcheinander.

Warm lächelte er sie an. Unsicher lächelte sie zurück. Das alles kam ihr irgendwie surreal vor.

Auf seine zarte Art hob er ihre Hand hoch und drückte einen kleinen Kuss auf ihr Handgelenk.

„Ich bringe Yoda jetzt besser mal in sein Terrarium, wenn Sie wollen können Sie schon mal in die Küche gehen, die ist da gleich die erste Tür links.

Auf den kleinen Schreck können Sie sicher ein paar Plätzchen vertragen", informierte er sie fürsorglich. Sprachlos nickte sie einfach nur.

Nachdem er ihre Bestätigung hatte, ließ er nun auch gefühlvoll ihre Hand wieder los und machte sich locker mit der Schlange auf den Weg. Ungläubig starrte sie ihm für einen Moment hinterher. Bei ihr war immer noch nicht richtig angekommen, was eben passiert war.

Er hatte ihre Angst herausgefordert, er hatte sie gestärkt und er hatte ihr Handgelenk geküsst... Romina wusste nicht, welcher dieser drei Punkte sie am meisten aufwühlte.

Ganz neben der Spur fuhr sie über die glühende Stelle an ihrem Handgelenk, wo seine Lippen ihre Haut berührt hatten...

Wie auf Wolken schwebte sie durch die erste Tür links. Alles kam ihr ganz schwerelos vor. Doch als sie den Raum betrat, runzelte sie verwirrt die Stirn. Das hier war nicht die Küche und wenn doch, hatte Chlod eine wirklich seltsame Definition davon.

Hier standen zwei Computer-Bildschirme und einiges an Technik-Equipment für Tonaufnahmen und ähnliches. An den Wänden hingen ein paar Star Wars-Plakate und in einer Ecke war noch ein ziemlich kleines, unscheinbares Bett.

Neugierig sah sie sich die Computer näher an. Eine Musik-Software war geöffnet und Kopfhörer waren angeschlossen.

Eigentlich gehörte es sich ja nicht in den privaten Sachen eines anderen rumzuschnüffeln, aber sie konnte einfach nicht widerstehen. Schon hatte sie die Kopfhörer aufgesetzt und ließ das Stück abspielen.

Es war ein epischer Soundtrack, sie bekam davon sogar eine Gänsehaut! Und er kam ihr seltsam bekannt vor, nur sie konnte nicht sagen woher. Stolz setzte das Star Wars Thema ein und verschmolz perfekt mit der anderen Melodie. Sie fühlte sich wie ein Held mit wehendem Umhang, bereit für den Kampf. Überwältigend.

Still und mysteriös verklang es mit dem typischen Star Wars Motiv, nur dass es von Glocken gespielt wurde.

„Und? Gefällt es Ihnen?", fragte sie plötzlich eine Stimme von hinten. Erschrocken fuhr Romina herum, doch es war nur Chlod.

„Haben Sie das etwa selbst gemacht?", wollte sie total beeindruckt von ihm wissen. „Ich hab's nur aufeinander abgestimmt. Das ist die epische Version von diesem englischen Volkslied Carol of the bells und Star Wars", erklärte er ihr bescheiden.

„Das ist extrem gut! Das ist... unglaublich!", fehlten ihr einfach die richtigen Worte, um das zu beschreiben. Die Musik hatte sie so gefangen genommen und weit hinaus getragen.

„Einen Ausschnitt davon würde ich auch gerne als Klingelton benutzen", erinnerte er sie indirekt wieder daran, warum sie eigentlich hier war.

„Oh! Ich muss noch…", wollte sie sich schon wieder an die Arbeit machen, doch er hielt sie sanft auf: „Zuerst bekommen Sie noch Ihre hart verdienten Plätzchen. Ich könnte auch warmen Kakao machen. Und zwar im Raum auf der anderen, linken Seite."

„Das wäre wundervoll", glücklich grinste sie ihn an. Als sie vor der Tür gewartet hatte, hätte sie nicht im Traum daran gedacht, dass das hier so enden würde…

18

The power of love

Alle um sie herum waren betrunken. Manche liefen sogar einfach mit Weinflaschen herum, als wären es Accessoires und setzten sie zwischendurch völlig selbstverständlich an. Vanessa, Tabea und Benedikt merkten nichts von dieser hemmungslosen Stimmung. Vielleicht hatten sie nur zu wenig getrunken, vielleicht waren sie aber auch schlicht und ergreifend die falschen Personen für sowas.

Während auf der Tanzfläche rumgehüpft wurde wie wildgewordene Flummis, saßen sie nur langweilig rum und spielten mit der Tischdeko. Tabea fing an die Schneeflocken durch die Gegend zu schnippen, Vanessa faltete aus den Servietten Tannenbäume und Benedikt hing am Handy. Von Party spürte man da wenig. Auch die bunt flimmernde Partybeleuchtung konnte daran nichts ändern.

Aber sie waren für Vanessas große Schwester da. Das war ihr erster offizieller, großer Auftritt als DJ und sie konnten es nicht bringen vor Mitternacht zu verschwinden. Allerdings war die Musik in erster Linie laut und das Grölen der Meute auf der

Bühne tat das Übrige. Wenn man sich unterhalten wollte, musste man sich regelrecht anschreien.

Mittlerweile hatte Vanessa alle Servietten in der Gegend in Tannenbäumchen verwandelt und fing jetzt an, die Rose in der milchigen Flasche zu zerpflücken. Armes Blümchen. Benedikt war sein Handy zu langweilig geworden und er beobachtete stattdessen die unübersichtliche Flut an Menschen. Diese Intervallbeschäftigung von digital zu real und wieder zurück, machte er schon seit dem Essen. Tabea beförderte die letzten kleinen Dekokristalle in die Ferne. Früher am Abend hatte sie damit noch kleine Muster gelegt, Langeweile kann einen schon radikalisieren…

Plötzlich flog eins der gelangweilten Schneeflocken-Geschosse direkt auf einen der Security-Männer. Erschrocken riss Tabea die Augen auf und erstarrte vollkommen. Das hatte sie nicht gewollt!

Vielleicht hatte er ja nichts gemerkt… Diese kleine Hoffnung löste sich schnell in der stickig-warmen, alkoholbehafteten Luft auf. Mit zusammengekniffenen Augen musterte der eindrucksvolle Mann in Schwarz die Gäste. Oh Mist! Was sollten sie jetzt tun?! Sie mussten dazu stehen!

Ohne groß darüber nachzudenken stand Benedikt einfach auf und ging zu ihm rüber. „Ähm. Es tut mir leid. Wir…ich wollte Sie nicht treffen. Entschuldigung", plapperte er kopflos drauf los. Etwas irritiert runzelte der Wachmann die Stirn.

„Ich bin übrigens Benedikt. Dieses Verhalten tut mir leid. Ich bin eigentlich nicht betrunken. Also ich hatte ein Bier, aber von einem wird man ja nicht betrunken... Werde ich jetzt rausgeschmissen?", quatschte er etwas nervös vor sich hin.

Das Stirnrunzeln des Schneeflocken-Opfers vertiefte sich. Warum stellte sich dieser Typ vor und wie konnte er denken, dass er wegen so einer Kleinigkeit gleich von der Party verwiesen wurde? Entschuldigend lächelte Benedikt und... der kleine Trottel sah so liebenswürdig aus.

„Mein Name ist Lukas und niemand wird Sie rausschmeißen", gab er als sachliche Auskunft, doch er konnte nicht verhindern, dass ein kleines Lächeln seine Mundwinkel umspielte.

„Kann ich Ihnen vielleicht etwas ausgeben? Einen Sprudel? Als Entschuldigung?", Benedikts Entschuldigungs-Lächeln hatte sich in sein typisch breites Grinsen verwandelt. Kurz zögerte Lukas, doch nach einem weiteren Blick in diese freundlich-warmen braunen Augen nickte er: „Ein Sprudel ist in Ordnung."

„Dann bin ich gleich wieder da", auf dem Weg zur Theke schaute er natürlich noch eine Runde bei Tabea und Vanessa vorbei. „Du machst dich jetzt also an die Security ran", Vanessa warf ihm ihren ganz besonderen ich-weiß-was-vorgeht-Blick zu. „Nein. So ist das nicht. Das ist nur für Tabeas Attacke", beteuerte er und warf der Deko-Terroristin einen spaßhaft anschuldigenden Blick zu. „Aha", stand sie seiner Erklärung auch eher skeptisch gegenüber, doch auf ihrem Gesicht zeichnete sich auch eine Spur Schuld ab.

Ohne ihnen weiter Stoff für ihre Einbildung zu geben, setzte Benedikt den Sprudelkauf fort. Sich selbst besorgte er dabei auch gleich eine kleine Flasche. Es war irgendwie seltsam, wenn einer am Trinken war und der andere ihn nur angaffte.

Wortlos hielt er Lukas die kühle Flasche entgegen und ebenso schweigend nahm er sie an. Wieder einmal sehr spontan und ohne seinen Verstand einzuschalten, stieß Benedikt mit der Flasche bei ihm an. Es erklang ein mattes Klirren und ein angespanntes Schweigen folgte.

Um diesen unüberlegten Moment ein wenig zu kaschieren, trank er schnell einen Schluck. Zu schnell. Heftig verschluckte er sich und beugte sich hustend vornüber. Sein Kopf lief rot an und Tränen traten ihm in die Augen. Das machte ja gleich einen guten Eindruck: Ein Schneeflocken-Rowdy, der zu dumm zum Trinken war.

Nachdem er wieder einigermaßen normal atmen konnte, drehte er unruhig die Flasche in den Händen und er war so beschämt, dass ihm auch das, das Blut ins Gesicht trieb. Lukas sagte einfach gar nichts und das machte es nur noch schlimmer.

„Ähm… ich", setzte Benedikt mit kratziger Stimme an und schluckte unwohl: „Gehe… Freunde." Mit einem gewaltigen Kloß im Hals wandte er sich ab. Dieser Abend war unangenehm auf jede Art und Weise. Schon lange hatte er nicht mehr so dringend von einem Ort weggewollt, dabei konnte er nicht einmal sagen warum genau.

Bedrückt setzte er sich zurück zu den beiden Chaotinnen. „Spinnst du?! Der Typ ist ein Hauptgewinn! Hast du nicht die krassen Muskeln gesehen?!", Vanessa hatte ihre Finger regelrecht in seine Schulter gekrallt und schüttelte ihn, als könnte ihn das zur Vernunft bringen. „Der ist voll scharf auf dich!", raunte Tabea ihm eindringlich zu.

„Scharf auf mich? Ich hab mich verhalten wie ein vollkommener Idiot!", Benedikt versank förmlich in Schande und vergrub das Gesicht in den Händen. Lukas war so... selbstbewusst und stark und dieses kleine Lächeln, dass durch seine ernste Miene geschimmert war...

Er war sich sicher, dass hinter dieser knallharten Sicherheitskraft noch so viel mehr lag...

„Los! Schnapp ihn dir!", auffordernd klopfte ihm die Servietten-Falterin auf die Schulter. „So eine Chance bekommt man nur einmal!", redete auch die Verantwortliche gut auf ihn ein und jede Schuld war von ihr gewichen. Dass sie den Security-Kerl mit der Schneeflocke erwischt hatte, war doch geradezu perfekt! Zu perfekt um nur ein Zufall zu sein!

Zögerlich schaute Benedikt auf und sah ihn an. Lukas stand zwar seitlich zu ihnen, aber... er hielt sie trotzdem im Auge! Dieser Blick! Atemraubend!

„Ben! Hintern hoch!", befahl Tabea entschlossen: „Das ist wie eine himmlische Kraft! Das Schicksal will euch zusammen haben!" Na gut, dabei ging ihre Fantasie wohl mit ihr ein wenig durch, aber dennoch war diese verrückte Theorie der letzte kleine Anstoß, den er gebraucht hatte. Auf in die zweite Runde.

Aufgeregt warf er einen verstohlenen Blick nach hinten. Tabea nickte ihm so euphorisch zu, dass man sie für eine tollwütige Wackelkopffigur halten könnte und Vanessa zeigte ihm breit grinsend beide Daumen nach oben.

Sehr beruhigend, dass er bei diesem besonderen Moment zwei muntere Schaulustige haben würde...

Tief atmete er ein und schaute wieder auf das, was vor ihm lag. Auf einmal drückte irgendeine Frau ihren Busen an ihn. Ihre Haut wirkte ungesund bleich, was jedoch an der Überdosis Schminke liegen können, die sie aussehen ließ wie eine Nutte oder ein Vampir oder eine Vampirnutte. Passend zu ihrem finsteren Make-up stachen ihre Eckzähne bei ihrem begierigen Grinsen weit hervor. Eine Zahnspange wäre da nötig.

Klackernd legte sie ihre langen, schwarzen, klauenartigen Fingernägel auf seine Hemdknöpfe.

„Entschuldigung. Das ist mir zu nah", versuchte er sie mit ziemlich gezwungener Höflichkeit loszuwerden. „Willst du tanzen?", ignorierte sie seine Worte einfach. „Nein", mit Nachdruck griff er ihre Schultern und schob sie von sich. Aus ihrem Mund wehte eine intensive Alkoholfahne.

Plötzlich knallte ihre Hand in sein Gesicht und für einen Moment sah er Sternchen. Sofort wurde er von starken Armen gestützt. Blinzelnd sah er in Lukas Gesicht, das mit einem Todesblick die Gewalttätige förmlich durchbohrte.

Benedikts Gesicht brannte. Das war schon heftig gewesen. Schneller als er es überhaupt richtig verfolgen konnte, war sie schon aus der Halle gezerrt worden. Insgesamt war die Aktion so flott von der Bühne gegangen, dass sie kaum für Aufruhr gesorgt hatte.

Lukas hielt ihn immer noch im Arm und für dieses Gefühl würde Benedikt noch hundert Schläge einstecken.

„Sie hatte einen Ring. Der hat eine kleine Schramme hinterlassen", sanft legte Lukas die Hand auf seine Wange und obwohl seine Haut immer noch brannte wie Feuer, war diese Berührung so unglaublich schön. Es ließ ihn fast den Schmerz vergessen. Durch seine Nähe strömte eine unfassbare Energie durch Benedikts Körper und jede Zelle von ihm wurde von dieser unbeschreiblichen Kraft erfasst...

„Willst du tanzen?", wiederholte er atemlos die Frage, die ihm diese Betrunkene gestellt hatte. Sein Kopf war wie leergefegt. Lukas wirkte fast schon sprachlos, als er ihm nochmal so sanft über die Wange strich. Abwesend sagte er halb über seine Schulter zu seinen Kollegen: „Ich mach für einen Song Pause."

So nah nebeneinander, dass sie die Wärme des anderen spüren konnten, gingen sie zur Tanzfläche. Jeder Schritt war elektrisierend. Mit dem Blick streifte Benedikt die beiden Stalkerinnen, die mit offenen Mündern am Tisch saßen. Dass es so laufen würde, hatten sie wohl kaum gedacht. Er ja auch nicht.

Schließlich standen sie vor der Bühne. Um sich herum wurde immer noch so gedankenlos getanzt, doch bei ihnen war es anders. Für einen Moment standen sie sich unschlüssig gegenüber, dann legte Benedikt sanft die Hände auf seine kräftigen Hüften. Er hatte wirklich krasse Muskeln...

Mit einer Zärtlichkeit, die man Lukas nie zugetraut hätte, legte er seine Arme auf Benedikts Schultern.

Mitten im Lied wechselte Vanessas Schwester auf einmal von wummernden Bässen zu der ruhigen, verträumten Stimmung von „The power of love" und zwinkerte den beiden zu. Noch eine Schaulustige im Bunde, jetzt waren sie ein lustiges Trio.

Lukas lehnte seinen Kopf an Benedikts Schulter und alle anderen wurden mit einem Schlag seines Herzens unwichtig. Eng beieinander fingen sie an, sich mehr oder weniger zum Takt zu bewegen. Benedikt konnte die Nachwirkungen des Schlages als Ausrede für sein fehlendes Taktgefühl benutzen, Lukas war einfach nur ein mieser Tänzer. Aber das machte ihm überhaupt nichts aus.

Auf einmal regneten Rosen auf sie herab. Obwohl er schon eine deutliche Vermutung hatte, schaute Benedikt auf. Tabea und Vanessa standen mit nur bedingt schuldigen Mienen auf der Bühne. Ihr Kumpel hätte ihnen am liebsten einen bösen Blick zugeworfen, doch dafür war er viel zu glücklich.

„Ich werde dich vor allen Vampiren beschützen", machte der Wachmann eine Andeutung auf das weihnachtliche Liebeslied zu dem sie tanzten und dieser Frau, die Benedikt quasi direkt in seine Arme getrieben hatte. Eigentlich könnte das lustig sein und den knisternden Moment mit Humor auflockern. Doch seine Stimme war so weich und tief und... Es war wie ein überwältigendes Feuer, das in ihrem Inneren brannte.

Benedikts Kopf war wie leergefegt, ihm fiel kein guter Spruch ein, aber es gab etwas anderes für das er seinen Mund sehr wohl nutzen konnte. Ohne zu zögern küsste er Lukas. Heiß berührten sich ihre Lippen. Und schon ging der nächste romantische Regen aus zerpflückter Deko auf sie herab. So gar nicht intim und doch so perfekt.

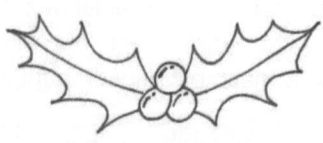

19

Deck the halls

Geschäftig lief sie mit den Stühlen hin und her und stellte sie ordentlich entlang der langen Tischreihe auf. Prüfend trat sie zur Theke und schaute in den Raum. Nein! Das sah viel zu gezwungen aus! Vielleicht kleinere Tischgruppen?

Aber dann gab es sicher Streit, dass nicht der ganze Freundeskreis versammelt war, so war es zumindest früher immer gewesen. Vielleicht war es jetzt ja anders, weil sie älter waren, doch das bezweifelte sie sehr.

Hier hatten sie auch schon Hochzeiten, Tauffeiern, Geburtstage und Kommunionsfeiern ausgerichtet. Erwachsene konnten noch schlimmer sein als hochpubertierende Teenager!

Am liebsten hätte sie dieses Alptraumtreffen schon hinter sich. Sie spürte die gleiche lähmende Unsicherheit wie früher und sie hatte das Gefühl, dass nichts was sie machte gut genug war, gar nicht gut genug sein konnte.

Unruhig marschierte sie wieder zurück und fing an alles hin und her zu schieben. Vielleicht könnte sie die Tische in U-Form stellen oder sollte sie sie einfach so lassen wie immer? Aber dann sah es doch aus als hätte sie sich keinerlei Mühe gegeben! Und was war mit der Tischdeko? Die alltägliche, schlichte Verzierung war zu wenig, es sah so mager aus! Als könnte sie sich nichts leisten!

Normalerweise brachten die Gäste ihre eigene Deko mit oder es waren kleinere Gruppen, die während dem Regelbetrieb einfach einen längeren Tisch reservierten, für die dekorierte sie nicht extra. Doch das hier war etwas Besonderes, es fühlte sich an wie eine Prüfung, die sie gar nicht bestehen konnte!

Womöglich könnte sie die Dekoration von ihrer Abschlussfeier spiegeln. Das wäre doch eine lustige Anspielung! Oder dachten dann alle, dass sie keine eigenen Ideen hatte? Wirkte es nicht total nachgemacht?

Sollte sie das Ganze vielleicht doch lieber abblasen? Sie könnte behaupten, sie hätte sich irgendeine Krankheit eingefangen. Von Anfang an hätte sie nie zusagen sollen! Was hatte sie sich dabei nur gedacht?! Das würde eine absolute Katastrophe werden!

Tausend Ideen schossen ihr durch den Kopf und eine kam ihr schlechter und dämlicher vor als die andere. Fieberhaft räumte sie die gesamte Innenausstattung hin und her, doch nichts wollte passen!

Auf einmal legte jemand von hinten die Arme um ihre Hüfte und sie bekam den Schreck ihres Lebens. „Es ist neun Uhr", meinte eine wunderschön warme Stimme ganz nah an ihrem Ohr. „Nicht jeder ist so ein Langschläfer wie du", entgegnete sie und lehnte sich mit einem Seufzen an ihren Mann.

„Was machst du denn hier?", wollte er sanft von ihr wissen. „Du weißt doch, dass meine alten Klassenkameraden…", setzte sie gestresst an und er vervollständigte ruhig ihren Satz: „In fünf Tagen kommen. Fünf Tage. Du musst dir da jetzt noch keine Gedanken drüber machen."

„Aber ich mache mir Gedanken darüber!", rastlos wand sie sich aus seinen Armen und fing an, auf und ab zu gehen. „Warum?", wollte er immer noch so wunderbar gefasst wissen. „Na weil… weil…", sie rang mit den Händen in der Luft, als könnte sie dort die richtigen Worte greifen: „Sie… Sie geben immer mit dem an, was sie erreicht haben und… und ich hab nichts!"

Richtig verzweifelt schaute sie ihn an. Ruhig machte er wieder einen bestimmten Schritt auf sie zu: „Lara. Du hast dieses Restaurant. Du hast Freunde, die wegen jeder Kleinigkeit nach deiner Meinung fragen, weil sie dich so schätzen. Du hast einen Kinderchor, bei dem jedes dieser Kinder bereitwillig seine Süßigkeiten mit dir teilt. Kinder! Die süßigkeitenvernarrtesten Wesen auf diesem Planeten! Und sie teilen mit dir! Und du hast mich. Und auch wenn ich vielleicht kein Banker oder Anwalt oder Chirurg bin, liebe ich dich so sehr, dass ich um neun Uhr aufstehe und mir auf den kalten Fliesen für dich die Füße abfriere. Du bist eine wundervolle Frau und wenn das deine alten Schulkollegen nicht erkennen, dann sind sie einfach dumm."

Warm hatte er seine Arme wieder um sie gelegt und wiegte sie bei seiner Aufzählung leicht hin und her. Ein paar Mal hatte sie sogar schmunzeln gemusst, das war doch schon ein ganz gutes Zeichen. Er liebte ihr Lächeln.

„Aber…", wollte sie wieder anfangen, doch er ließ sie nicht ausreden: „Ist dir ihre Meinung etwa wichtiger als meine?" Herausfordernd hatte er eine Augenbraue gehoben.

„Das ist nicht fair! Wie soll ich Selbstvorwürfe haben, wenn du mir ständig reinredest!", beschwerte sie sich nicht wirklich wütend und schlug ihm scherzhaft auf die Brust. „Die Wahrheit muss einfach raus", meinte er schelmisch heldenhaft. „Genauso wie damals, als du die Weinflasche von meinem Geburtsjahrgang zerstört hast und der Katze die Schuld zuschieben wolltest, mit der ich gerade beim Tierarzt war?", konterte sie und bei der Erinnerung stieg sogar ein kleines Lachen in ihrer Kehle auf.

„Ja, das war wirklich nicht meine Sternstunde", gestand er ebenfalls mit einem kleinen Lachen ein. Ansonsten war die Ausrede mit der Katze immer sehr gut gewesen, aber bei diesem Fettnäpfchen hatte er regelrecht einen Kopfsprung hingelegt.

Lara spürte wie sich der fiese Knoten in ihrem Inneren löste. Niemand schaffte es so leicht ihre ganzen Sorgen zu vertreiben wie Daniel.

Fest drückte sie sich an ihn und flüsterte: „Danke."
„Dafür dass ich die Weinflasche kaputt gemacht
habe?", verstand er sie absichtlich falsch. Befreit
lachte sie auf und gab ihm spaßhaft einen Klaps
auf den Hinterkopf: „Du weißt was ich meine!"
„Ach, weiß ich das?", spielte er noch ein bisschen
mit ihr. Sie lehnte sich ein Stück zurück, sodass
sie ihm möglichst ernsthaft ins Gesicht blicken
konnte: „Du bist ein Laubbläser für meine Sorgen."
Für einen Moment sah er sie überrascht an, dann
platzte das Lachen aus ihm heraus und auch sie
konnte die ernsthafte Fassade nicht mehr aufrecht
erhalten. Eine ganze Weile standen sie einfach
nur da und lachten, bis es irgendwann zu einem
hemmungslosen Kichern wurde und schließlich zu
einer atemlosen, glücklichen Stille.
„Kommst du jetzt wieder mit mir hoch?", fragte
Daniel nach einer kleinen Pause und fügte dann
noch mit einem leicht anrüchigen Lächeln hinzu:
„Wir könnten uns wieder ins Bett kuscheln oder
etwas anderes machen." „Auf was für Gedanken
du immer kommst!", scherzhaft rollte sie mit den
Augen.
„Das sagt die, die fünf Tage vor einer Veranstaltung schon alles herrichten will", neckte Daniel sie
herausfordernd. „Hey!", beschwerte sie sich und
schlüpfte wieder aus der Umarmung, um die Hände anklagend vor der Brust zu verschränken:
„Deine Lobeshymne auf mich hat mir besser gefallen."

„Und ich habe jedes Wort davon ernst gemeint", sagte er mit tiefer, warmer Stimme und zerstörte seinen lieben Moment schon im nächsten Augenblick: „Besonders das mit dem Füße abfrieren." Wieder lachte sie auf. Nach diesem ganzen Stress, den sie sich eben gemacht hatte, war es so wunderschön mit ihrem Mann einfach rumzualbern.

Kurz ließ sie ihren Blick durch das Restaurant schweifen, das sie sich gemeinsam aufgebaut hatten. Sie konnte fast die fröhlichen Gespräche ihrer Gäste hören und das Essen riechen. Dieser Ort war ihr zu Hause und schlagartig wurde ihr klar, dass dieses dämliche Treffen gar keine Prüfung sein konnte, denn das alles gehörte ihr und niemand von ihnen konnte ihr das nehmen.

Auf einmal hörte sie hinter sich ein helles, melodisches Klirren. Es war dieser typische „Fa-la-la-la-laaaa La La La Laaaa" – Rhythmus. Schmunzelnd drehte sie sich um. Mit einem Teelöffel trommelte ihr liebevoller Mann gegen die verschieden großen Gläser im Schrank.

„Deck the halls. Ist das dein Ernst?", fragte sie ihn und ging lächelnd zu ihm rüber. „Ich fand dieser Moment brauchte etwas musikalische Untermalung und du sahst aus, als würdest du gleich wieder den Dekoteufel rauskehren. Das ist dein Lied", entgegnete er und klimperte spaßhaft weiter.

Daniel war schon ein echter Kindskopf, aber er war ihr Kindskopf, der immer für sie da war und sie bei allem unterstützte. Auf ihn konnte sie sich immer verlassen und sie liebte ihn mit all seinen kleinen, verrückten Macken.

„Weißt du was?", sanft faltete sie ihre Hände in seinem Nacken zusammen und unterbrach dabei sein kindisch-unbeschwertes Gläserspiel: „Von all meinen Erfolgen, die du gerade eben aufgezählt hast, ist es mit Abstand mein größter dich geheiratet zu haben."

Und bevor er diesen kitschigen und wunderschönen Augenblick mit einem seiner Sprüche zerstören konnte, küsste sie ihn einfach. Für sie bestand kein Zweifel: Mit diesem Mann an ihrer Seite würde sie einfach alles durchstehen, selbst ein Klassentreffen.

20

Under the mistletoe

Heute war sein Papierkram-Tag. Jochen war mit Herz und Seele ein Schrauber, er liebte es mit Fahrzeugen zu arbeiten, aber bei einer eigenen Werkstatt gehörte das ganze Dokumentieren leider auch dazu. Und da seine Assistentin beziehungsweise Cousine ausgerechnet jetzt eine fiese Grippe hatte, musste er sich wohl alleine durch die ganzen Rechnungen und den nervigen Kram schlagen.

Eigentlich sollten die heute noch fertig werden, doch die Betonung lag auf eigentlich. Dieses Zeug zog sich so unfassbar in die Länge!

Im Radio liefen Weihnachtlieder und er trommelte mit den Fingern im Rhythmus auf die Tastatur, statt die Formulare auszufüllen. Begleitet von fröhlichen Glocken sangen die Musiker von Liebe und Geborgenheit, Geschenken und noch mehr Liebe.

Er war überzeugt, dass auch er irgendwann die richtige Frau treffen würde. Ja, die Richtige würde ganz bestimmt kommen und alles würde perfekt sein...

Plötzlich hörte er die Klingel, die bei seiner Tür ankündigte, dass jemand gekommen war. Aber wer sollte das jetzt noch sein? Es war schon nach zehn Uhr abends, offiziell hatten sie schon seit fünf Stunden geschlossen und es war auch schon ewig dunkel.

Mit gerunzelter Stirn richtete er sich auf und ging in die kühle, nach Benzin und Öl riechende Werkstatt. Verloren stand dort eine Frau. Frierend hatte sie ihre Schultern hochgezogen und ihre Lippen waren vor Kälte ganz blau. Kein Wunder. Immerhin war es draußen knackig kalt.

Insgesamt wirkte die blasse Schönheit ein bisschen wie eine Märchenprinzessin, die sich verirrt hatte. Einfach zauberhaft! Das war ja fast ein Weihnachtswunder!

Schniefend zog sie ihr rotes Stupsnäschen hoch.

Automatisch fischte er eine Taschentücherpackung aus der Hosentasche und hielt sie der Fremden wortlos hin. „Danke", sagte sie mit einer hohen, leicht zittrigen Stimme und nahm sich ein Taschentuch. Fast schon ein wenig beschämt drehte sie ihm halb den Rücken zu und ein extrem lautes Schnäuzen hallte durch die Werkstatt wie das Tröten eines Elefanten.

Überrascht wanderten seine Augenbrauen in die Höhe. Wie konnte sich eine kleine, zierliche Frau nur so laut die Nase putzen?

„Entschuldigung. Ich kann's nicht leiser", murmelte sie und zerknüllte das Taschentuch in der Faust.

„Nicht schlimm", versicherte er ihr schnell und

stellte dann die offensichtliche Frage: „Kann ich Ihnen helfen?" War doch netter als gleich ein Verhör mit wer sind sie und was machen sie hier.

„Mein Auto springt nicht mehr an. Und mein Handy-Akku ist leer", sie klang richtig verzweifelt.

„Wollen Sie, dass ich es mir mal ansehe? Ich könnte Ihnen vorher noch einen warmen Kaffee anbieten. Und meine Steckdose dürfen Sie natürlich auch benutzen", freundlich schenkte er ihr ein kleines Lächeln.

Erleichtert nahm sie seine Hilfe an: „Mein Auto steht ein Stück die Straße runter, in die Richtung."

„Wenn Sie wollen, können Sie gerne hier warten, ich bräuchte nur den Schlüssel", bot er ihr vorbehaltlos an. „Ähm... mitfahren... Ich würde gerne mitfahren", antwortete die kleine Frostbeule.

„Dann kommen Sie mal mit", locker machte er sich auf den Weg zu seinem selbst restaurierten Oldtimer-Transporter. Ein wenig steif setzte auch sie sich in Bewegung. Sie war offensichtlich wirklich durchgefroren.

„Sie haben Glück, dass ich meinen Papierkram so lange aufgeschoben habe und jetzt noch erledigen muss", fing Jochen ungezwungen ein Gespräch an, er war schon immer eine Plaudertasche gewesen: „Mein Name ist übrigens Jochen Liebknecht, aber Sie können mich gerne Jo nennen."

„Ich heiße Jasmin", stellte sie sich auch vor und ihr Lächeln hatte etwas Nervöses. Alles in allem schien die kleine Märchenprinzessin ziemlich unsicher zu sein oder lag das einfach nur daran, dass ihr so kalt war?

Ganz der Gentleman ging er um seinen blauen Oldtimer und hielt ihr die Tür auf. „Danke", sagte sie mit einem flüchtigen Lächeln und setzte sich auf die Originalsitze, die er als echtes Schnäppchen ergattert hatte.

Schwungvoll schlug er die Beifahrertür wieder zu, die Türen brauchten immer ein bisschen Wucht.

Röhrend setzte der Motor ein und das ganze Auto fing an zu vibrieren. Besser als jeder Massagesessel. Völlig selbstverständlich griff Jo nach dem Schaltknüppel, der zitterte als hätte er den schlimmsten Horrorfilm aller Zeiten gesehen. Er war das von seinem alten Schmuckstück schon gewöhnt. Seine Beifahrerin jedoch wirkte wenig angetan vom Charme des Oldtimers.

Über das laute Brummen des Motors hinweg war es schwer ein Gespräch zu führen, man müsste den anderen fast schon anschreien, also verbrachten sie die ziemlich kurze Strecke schweigend. Der Weg war sogar so kurz, dass die Heizung nicht einmal warm werden konnte.

Das silberne Auto mitten auf der Straße war nicht schwer zu finden. Jasmin hatte sogar ganz vorbildlich ein Warndreieck aufgestellt, auch wenn das in dieser Gegend eigentlich ziemlich überflüssig war. Die Wahrscheinlichkeit, dass da so schnell jemand vorbei kam, war nicht besonders hoch.

Mit laufendem Motor stellte er den Transporter am Straßenrand ab und bat die kleine Gestrandete: „Könnte ich vielleicht den Autoschlüssel haben? Sie können gerne hier drinnen warten, hier ist es wärmer."

Bedächtig nickend kramte sie den Autoschlüssel aus ihrer Handtasche. Sie hatte keine lustigen Schlüsselanhänger, einfach nur ein nackter, nüchterner Schlüsselring. Na ja. Man sollte niemand nach seinem Autoschlüssel beurteilen.

Als sie ihm den Schlüssel übergab, berührten sich ihre Hände für einen kleinen Moment. Sie spürte seine Wärme und... Es war ja eigentlich nichts Besonderes! Nur eine kleine Berührung! Weiter nichts! Aber es fühlte sich irgendwie nach mehr an. Jasmin war ganz verwirrt.

„Mit ein bisschen Glück ist es nur eine Kleinigkeit und ich kann ihn sofort wieder zum Laufen bringen", meinte Jo optimistisch und ging zu seinem Patienten.

Unschlüssig beobachtete sie ihn dabei. Bis eben hatte sie nur an all die Probleme gedacht, das Auto und diese miese Kälte. Sie hatte ihn gar nicht richtig gesehen, aber jetzt...

Freundlich, tatkräftig, hilfsbereit und zugegebenermaßen ziemlich gutaussehend...

Nein. Dass sie so schnell eine Werkstatt gefunden hatte, war schon Glück genug, wenn da noch ein Traumtyp oben drauf kam, war das zu viel des Guten. Irgendeinen Haken gab es doch bestimmt!

Sicher hatte er längst eine Freundin. Genau. Sich darüber Gedanken zu machen war dämlich.

Währenddessen warf er einen Blick unter die Motorhaube und das Problem war auch schnell gefunden nur mit dem schnellen Beheben würde das wohl nichts werden. Entschuldigend kam er zurück und erklärte: „Es ist ein Marderschaden. Ich könnte da vielleicht was drehen, aber nicht hier. Der Wagen muss in die Werkstatt, dann werden wir weitersehen."

Wieder nickte Jasmin langsam und man konnte ihr ansehen, dass sie gar nicht richtig glauben konnte, was gerade passierte.

„Keine Sorge, das wird wieder. Ich mache Ihnen gleich einen warmen Kaffee und da finde ich schon eine Lösung", redete er beruhigend auf sie ein und ließ seinen Worten auch gleich Taten folgen.

In der Werkstatt setzte sich Jasmin mit einer dampfenden Tasse Kaffee auf das abgewetzte Ledersofa, das Jo ihr angeboten hatte. Wärmend umklammerte sie mit ihren Händen die Tasse und beobachtete ihn wieder. Sie konnte einfach nicht anders.

Und was sollte sie auch sonst tun?! Helfen konnte sie ihm ja schlecht. Oder vielleicht ja doch...

Nachdem er sich eine Weile gründlich mit dem Innenleben ihres Fahrzeugs beschäftigt hatte, kam er zu ihr ins „Büro" (wenn man den mit einer halben Wand abgetrennten Bereich so nennen wollte).

„Es sieht ganz gut aus. Eine Stunde oder auch zwei, dann sollte es wieder laufen", informierte er sie und lehnte sich lässig gegen den Schreibtisch, auf dem sich der Papierkram stapelte...

Jo hätte das ganze Zeug ja am liebsten ignoriert, aber das mit dem vor sich herschieben ging kurz vor Fristende leider nicht mehr. Und dann kam ihm eine Idee, die möglicherweise die Lösung für alles sein könnte: „Ähm. Haben Sie zufälligerweise Ahnung von Rechnungen und sowas?"

„Ja?", antwortete Jasmin nicht ganz sicher worauf das hinauslaufen sollte.

„Ich hätte einen Vorschlag: Sie machen für mich den Papierkram und ich repariere den Wagen", unterbreitete er ihr erwartungsvoll sein Angebot. Davon würden alle profitieren! Es war geradezu perfekt!

„Einverstanden", willigte Jasmin kurzerhand ein, dann hätte sie endlich eine Aufgabe und würde nicht ständig so verrückte Gedanken haben.

Wieder kribbelte es in ihrer Nase. Oh nein! Schnell stellte sie die Kaffeetasse zur Seite und zog das Taschentuch hervor, das er ihr gegeben hatte. Laut übertönte ihr Schnäuzen das Radio und wahrscheinlich auch alle anderen Geräusche im Umkreis von einem Kilometer.

„Damit könnten Sie eine Band eröffnen", meinte Jo mit einem verschmitzten Grinsen. „Früher in meiner Schule haben mich alle deswegen immer Benjasmin Blümchen genannt", erzählte sie ihm und knibbelte dabei ein wenig unruhig am Ta-

schentuch rum. „Mein Spitzname war Yoshi, weil mich meine Mutter einmal gezwungen hatte ein grünes Dinokostüm anzuziehen und ich ziemlich rund war", verriet er ihr ausgelassen.

Sofort fiel die Anspannung von ihr und sie musste loslachen. Die Vorstellung vom kleinen Jochen im Dinokostüm war einfach zu lustig und gleichzeitig irgendwie auch niedlich. Auch er lachte los. Es war schön sie so befreit zu sehen.

In die lockere Atmosphäre fragte er freundlich: „Also Blümchen. Wie kommst du hier hin?" Entspannt trank sie zuerst einen Schluck Kaffee und erklärte dann: „Ich war auf einer Firmenweihnachtsfeier und wollte eigentlich zu meiner Wohnung fahren, aber der Marder hatte wohl andere Pläne." „Ich bin froh über diese Planänderung", flirtete er eindeutig mit ihr. Oh Gott!

„Ähm... Ich sollte mal... Dokumente", stammelte sie überrumpelt. „Öh... Ja! Natürlich! Ich bin beim Auto", etwas verlegen machte er sich wieder an die Arbeit und sie hätte sich am liebsten selbst geohrfeigt.

Dieser Augenblick war so schön gewesen! Und sie machte ihn einfach kaputt! Nur weil sie zu feige war! Aber er hatte sie auch kalt erwischt...

Nicht mehr dran denken! Rechnungen!

Der Mechaniker hatte wirklich ein unglaubliches Unterlagenchaos! Und unglaublich geschickte Hände... Sie konnte nicht anders als hin und wieder zu ihm zu sehen. Er war vollkommen in seinem Element und diese Mischung aus Leidenschaft und Weltvergessenheit, mit der er dabei war...

Ihre Blicke kreuzten sich. Schnell schaute sie wieder auf den Computerbildschirm und sie konnte spüren, wie sie rot wurde.

Strukturiert erledigte sie die ganzen Formalitäten, vor denen sich der Schrauber gedrückt hatte. Zwischendurch machte Jasmin eine kleine Pause, um sich noch eine Tasse Kaffee zu machen. Neben der Kaffeemaschine fiel ihr sein Autoschlüssel auf. Als Anhänger war am Schlüsselbund ein kleiner Mistelzweig. Wie romantisch.

Im Radio kündigte der Sprecher Kelly Clarkson und Brett Eldredge mit Under the mistletoe an. Schräger Zufall. Man könnte fast meinen, dass es eine Botschaft vom Schicksal war, wenn man an so ein Zeug glaubte. Eigentlich tat sie das nicht, aber... diese Situation hatte schon etwas Magisches an sich.

Gedankenverloren schaute Jasmin zu ihm. Sie wollte nicht, dass er einfach ihr Auto reparierte und das war's. Vielleicht war es an der Zeit, einmal in ihrem Leben mutig zu sein...

Ohne ihrer Vernunft die Zeit zu geben ihr diese verrückte Idee wieder auszureden, lief sie auf ihn zu. Obwohl ihre Schritte nicht gerade leise waren, hörte er sie nicht kommen. Er hatte ihr seinen kräftigen Rücken zugewandt, während er halb im Motorraum hing.

Klackernd stütze sie ihre Hand mit dem Mistel-zweig-Autoschlüssel an der Motorhaube ab und legte ihm die andere Hand auf die Wange. Bevor er irgendetwas sagen konnte, drückte sie schon ihre Lippen auf seine.

Für einen Augenblick standen sie einfach wie verzaubert da, während das Radio den Moment perfekt musikalisch untermalte. Sanft schloss Jo sie in seine Arme und es war wie ein Versprechen sie nie wieder loszulassen. Jasmin wollte es ihm gleichtun und vergaß dabei glatt den Mistelzweig in ihrer Hand.

Scheppernd landete der Autoschlüssel im Motor-raum. Erschrocken lösten sich die beiden und als sie sahen was es war, mussten sie einfach losla-chen.

„Wieso hast du eigentlich einen Mistelzweig an deinem Autoschlüssel?", wollte sie nach diesem befreiten Moment von ihm wissen. „Damit ich vor-bereitet bin, wenn die richtige Frau kommt", ant-wortete er und strich ihr sanft über die Wange: „Und das war ich ja auch, mein Blümchen."

21

Last Christmas

Er stand in der Schlange vor der Kasse. Ja, ja, er wusste selbst, dass Geschenke auf den letzten Drücker zu kaufen immer nur stressig war und am Ende vergaß man doch immer mindestens eine Person.

Jedes Jahr aufs Neue machte er sich den Vorsatz früher anzufangen und alle Jahre wieder tat er es trotzdem nicht. Aber wenigstens war er damit nicht ganz alleine. Im ganzen Kaufhaus tummelten sich hektische Leute, während aus den Lautsprechern immer die gleichen Lieder trällerten. Gerade war noch mal „Last Christmas" dran. Vor diesem Lied war man in der Weihnachtszeit wirklich nirgendwo sicher!

Ein Großeinkauf nach dem anderen ging über die Kasse und er trottete immer seine zwei Mini-Schritte vorwärts. Gelangweilt betrachtete er eine der tausend Lichterketten und fing an die Lämpchen zu zählen.

19… 20… 21…

Plötzlich tippte ihm jemand von hinten auf die Schulter. Überrascht drehte er sich um und bevor er wusste was passierte, wurde er einfach von einer Frau geküsst. Verwundert riss er die Augen auf, für jede andere Reaktion war er viel zu perplex.

Dann machte die Fremde einen Schritt zurück und grinste ihn frech an. Selbst jetzt im Winter konnte man ihre Sommersprossen noch gut erkennen und ihre rötlichen Haare sahen so weich aus, dass er am liebsten die Finger darin vergraben hätte.

„Was ist deine Lieblingsschokoladensorte?", wollte sie völlig aus dem Nichts von ihm wissen. Mehr als ein endlos überfordertes „Ähm..." bekam er nicht heraus.

Das schien sie nicht im Geringsten zu stören, schon quatschte sie weiter: „Meine Freundinnen haben gewettet, ich würde keinen Fremden einfach so küssen. Der Einsatz ist eine Tafel Schokolade für mich und eine für den, den ich ausgewählt habe, also dich."

Langsam nickte er. Er hatte gerade eine Tafel Schokolade gewonnen, weil er bei einer Wette mitgemacht hatte... Irgendwie war das noch nicht ganz bei ihm angekommen.

„Wenn du vor hast mich wegen sexueller Belästigung anzuklagen, sag es lieber gleich, dann färb ich mir die Haare und ziehe in eine andere Stadt", plauderte sie spaßhaft drauf los.

Bevor er sich darauf eine schlagfertige Antwort überlegen konnte, räusperte sich jemand hinter ihm und brachte ihn damit wieder vollkommen aus dem Konzept. Stimmt! Die Schlange! Er stand ja immer noch an! Und zwischen ihm und der ziemlich korpulenten Frau, die gerade ihren Einkauf auf die Kasse wuchtete war eine Riesenlücke, fast groß genug für einen Kleinwagen.

Schnell schloss er auf und warf dabei immer wieder nervöse Seitenblicke zu dieser Frau, die ihn geküsst hatte. Als wären sie gar nicht unterbrochen worden, sagte er: „Du solltest dir die Haare nicht färben. Dafür sind sie viel zu schön."

„Uhh! Du hast dir da ja einen Charmeur rausgesucht", meinte eine Frau im Hintergrund, von der er bis jetzt noch gar nicht Notiz genommen hatte. Wahrscheinlich war sie eine der Freundinnen, die gewettet hatten. „Scheint so", breit grinste die Gewinnerin ihn an.

„Meine Lieblingsschokolade ist mit Kokos", kam er wieder zur ursprünglichen Frage zurück und versuchte dabei möglichst gelassen und vielleicht sogar eine Spur sexy zu klingen. „Kokos", wiederholte sie und ihr Lächeln war der Hammer.

„Wir kaufen die Schokolade und kommen dann wieder", mit diesen Worten hakte sich besagte Frau im Hintergrund bei ihr ein und zog die rothaarige Frau mit sich. Kurz bevor sie aus dem Geschäft waren, drehte sie sich jedoch noch einmal zu ihm um und dieser winzige Blick war absolut elektrisierend.

Von hinten kam wieder dieses störende Räuspern, das ihn völlig aus dem kitschigen Filmszenen-Imitat riss. Die Frau vor ihm war schon am Bezahlen. Wie konnte das jetzt alles plötzlich so schnell gehen? Gerade eben noch hatte sich jeder Kunde an der Kasse eine Ewigkeit Zeit gelassen!

Etwas zerstreut legte er auch seine Weihnachtsgeschenke auf die Theke und während die übertrieben geschminkte Frau alles abrechnete, hing er mit Gedanken bei dieser atemberaubenden Begegnung.

Nachdem er bezahlt hatte, ging er zum Ladenausgang und stellte sich neben einen der beiden großen Nussknacker, die die Glastür flankierten. Links und rechts reihte sich unübersichtlich ein Laden an den anderen und jede Menge Leute tummelten sich in den Geschäften der Einkaufspassage. Und als würde das nicht schon reichen, war alles vollkommen überladen mit Weihnachtsdeko.

Man hatte einen noch viel schlechteren Überblick als sonst. Überall Menschen, überall Blinklichter und sonstiger Schnickschnack. Weihnachten: Das Fest des Konsums. Wie besinnlich…

Unruhig wartete er darauf, dass sie wiederkam. Würde sie überhaupt wiederkommen? Was, wenn das mit der Schokolade nur ein Manöver gewesen war, um sich elegant zu verziehen? Er kannte ja nicht einmal ihren Namen, geschweige denn ihre Nummer! Sie wiederzufinden wäre unmöglich! Dabei… Keine Ahnung… Aber… Vielleicht… Ja… Vielleicht hätte aus dieser süßen, schrägen Begegnung mehr werden können…

Vielleicht redete er sich aber auch einfach nur etwas ein. Vielleicht war sie ja mega ätzend, wenn man sie genauer kennenlernte. Vielleicht fände sie ihn ja auch ätzend, wenn sie ihn genauer kennenlernen würde.

So viele Vielleichts. Vielleicht wäre es besser zu gehen. Schokolade hatte er Zuhause noch genug und er wollte nicht wie der letzte Depp hier rumstehen und auf etwas warten, das nicht passierte.

Geschlagen drehte er dem Geschäft den Rücken zu und folgte dem Strom der Menschen in Richtung Ausgang. Irgendwie war ihm die Lust vergangen weiter einzukaufen. Mal abgesehen davon, dass er nie wirklich Lust gehabt hatte. Alle für die er jetzt noch nichts besorgt hatte, hatten eben Pech gehabt. Das Leben war kein Wunschkonzert.

Schon wieder lief „Last Christmas" über die Lautsprecher. Kam der Scheiß etwa auf Dauerschleife?!

Hinter sich hörte er schnelle Schritte, doch er war so damit beschäftigt sich selbst runterzuziehen, dass er gar nicht richtig darauf achtete. Hätte er besser mal.

Auf einmal hielt ihm jemand von hinten die Augen zu. „Du bist ja nicht sehr hartnäckig", sagte sie ganz nah an seinem Ohr.

Was sollte er darauf erwidern? Irgendetwas Charmantes, Verspieltes, etwas mit Stil. Jetzt wäre er ganz froh über ein Räuspern, das ihm Zeit zum Nachdenken verschaffte. Doch das war nicht drin, also improvisierte er einfach irgendwas: „Ich dachte ein Wunder gibt es nur einmal im Leben und deswegen kommst du nicht wieder."

Ja, das war vielleicht ein bisschen dick aufgetragen, aber für eine süße Rechtfertigung auf Druck war das doch gar nicht mal so schlecht. Scheinbar fand sie das auch. „Gerade noch gerettet", flötete sie verführerisch und drückte ihm sogar einen kleinen Kuss auf die Wange. Ihre Lippen waren so unfassbar weich.

„Toni? Schokolade?", unterbrach uns mal wieder ihre dämliche Freundin. „Oh! Ja! Klar!", jegliche Intimität war aus der Stimme der verwegenen Rothaarigen gewichen und leicht widerwillig ließ er sie wieder los.

Schnell raffte er die Einkaufstüten wieder auf und fragte dann betont lässig: „Du heißt also Toni?" „Eigentlich Antonia, aber nicht mal meine Mama nennt mich so", antwortete sie unbeschwert: „Und du?" „Kai", stellte er sich knapp vor. Da gab es keine Spitznamen oder Besonderheiten, einfach drei Buchstaben.

„Kokos-Kai", meinte eine weitere Freundin grinsend. Mühevoll erhielt er auch das Grinsen in seinem Gesicht aufrecht. Man sollte nie die Freundinnen einer Frau verärgern, nicht wenn man noch ein nettes Wort von ihr hören wollte. Wusste er aus Erfahrung.

Den dämlichen Spitznamen einfach ignorierend erkundigte Kai sich: „Welche Schokolade hast du dir eigentlich geholt?" „Dunkelmousse", antwortete sie und nahm feierlich die beiden Tafeln von ihrer Freundin entgegen: „Hier."

„Danke", sagte er ohne seinen Gewinn auch nur eines Blickes zu würdigen, er hatte nur Augen für Toni. In seiner Vorstellung hatten sie diesen Moment ganz allein für sich und alles war möglich. In der Realität liefen überall gestresste Auf-den-letzten-Drücker-Käufer rum und ihre Freundinnen hatten bei ihm ausnahmslos eine Qualitätsprüfungs-Miene aufgesetzt. Da war nichts mit auch nur einem Augenblick Zeit zu Zweit.

„Wollen wir uns vielleicht auf eine Bank setzen und unseren Gewinn essen?", fragte er und zwinkerte ihr zu. „Gerne", wieder schenkte sie ihm dieses umwerfende Lächeln. Kurz schaute er allessagend zu ihren Freundinnen rüber, die sie immer noch wie Bodyguards belagerten.

„Toni...", setzte die Spitznamen-Freundin an. „Schon gut. Wir treffen uns später vorm Restaurant", meinte Toni und es war klar, was bei diesem Treffen erörtert werden würde. Eingeschworene Frauencliquen waren nicht zu unterschätzen.

Immer noch eine Spur misstrauisch zogen ihre Begleiterinnen ab und die beiden machten es sich auf der nächstbesten Bank gemütlich. Locker packte Kai seine Schokolade aus, brach eine Reihe ab und bot sie der lebensfröhlichen Überraschungsküsserin an.

„Danke", grinste sie und steckte sich gleich ein Stück in den Mund. „Kokos hat so etwas Frisches, Leichtes an sich", philosophierte Kai und genehmigte sich ebenfalls das erste Stück. Über Essen konnte man einfach immer reden.

Auf einmal wurde „Wake me up before you go-go" laut und Toni zog mit einem entschuldigenden Lächeln ihr Handy aus der Hosentasche. Das war ja mal lustig! Ihre Handyhülle sah aus wie eine angebissene Tafel Schokolade! Diese Frau wurde ihm von Sekunde zu Sekunde sympathischer.

Als sie sah wer sie da anrief, verfinsterte sich ihr Gesicht. Lange starrte sie auf das Display, bis sie den Anruf schließlich ablehnte und ihr Handy wieder wegsteckte. Wer war das gewesen?

Unruhig befeuchtete sie ihre Lippen und antwortete auf die stumme Frage: „Das war mein Ex. Letztes Jahr an Weihnachten hat er mit mir Schluss gemacht. Beim Weihnachtsessen. Weil er jetzt mit meiner Cousine zusammen ist. Keine schöne Geschichte."

Erneut fing ihr Handy an zu klingen. Fest presste sie ihre Lippen aufeinander und schluckte schwer. „Soll ich für dich rangehen?", bot er ihr spontan an. Im ersten Moment schaute sie ihn verwirrt an, dann nickte sie und gab ihm das Handy.

„Annie! Was soll das?! Wer ist dieser Penner, den du geknutscht hast?! Lea hat mir ein Bild geschickt! Versuch gar nicht erst dich rauszureden, du kleine Schlampe!", legte eine sehr wütende Stimme los. Gelassen ergriff Kai das Wort: „Hallo Sonnenschein! Hier ist der Penner und ich hab dir nur eine Sache zu sagen: Last Christmas I gave you my heart, but the very next day, you gave it away! This year to save me from tears I gave it to someone special! Speeeciaaal!"

Schlagartig fiel die Anspannung wieder von Toni und sie lachte befreit auf. Zufrieden gab er ihr das Handy zurück. „Ich glaube er spürt jetzt den Zauber von Weihnachten", kommentierte Kai schmunzelnd. Es war schön sie zum Lachen zu bringen. „Nach der Gesangseinlage bestimmt!", kicherte sie und schüttelte ungläubig den Kopf.

„Hast du Lust noch eine Wette zu gewinnen?", grinste er sie an. „Welche Wette?", verwegen rückte sie ein Stück näher.

„Ich wette du küsst mich nicht noch einmal", meinte er herausfordernd. „Und was würde ich gewinnen?", verlockend legte sie ihm den Arm um die Schulter. „Einen Kuss", antwortete er und kam ihr immer näher. „Da kann ich ja nur gewinnen", flüsterte sie und schon berührten sich ihre Lippen für einen frischen, leichten Kokos-Kuss.

22

We wish you a merry Christmas

„Es ist nur eine Betstunde für alte Dorftrottel", genervt neigte sich Elisa zur Seite, um so an ihrer Schwester vorbei noch einen vernünftigen Blick auf den Fernseher zu bekommen. Wie konnte man nur gleichzeitig so schmal sein und so viel vom Bild verdecken?!

„Es ist eine Adventsandacht", verbesserte Bianka sie dickköpfig: „Da wird nicht nur gebetet. Es gibt sogar Plätzchen."

Mit einem Stöhnen schaltete Elisa den Fernseher aus. Ihre jüngere Schwester würde ja doch keine Ruhe geben, bis sie sie zu dieser lahmen Veranstaltung geschleift hatte.

Weihnachtsurlaub war wirklich mehr stressig als erholsam.

„So. Jetzt schminken wir dich erst einmal!", schoss Bianka mal wieder übers Ziel hinaus und das in vollem Bewusstsein. Elisa war noch nie ein Fan von Schminke gewesen und sie würde sich auch nicht wie eine kleine Prinzessin aufbrezeln, schon gar nicht für so einen albernen Anlass.

Das konnte sich ihre nervige Schwester gleich abschminken!

Ein trotziger Blick von ihr reichte, um die übermotivierte Stilqueen wieder daran zu erinnern, wen sie da vor sich sitzen hatte.

„Na gut. Keine Schminke. Aber bitte zieh dir wenigstens eine richtige Hose an", setzte Bianka sich ein realistischeres Ziel. „Das ist eine richtige Hose", widersprach Elisa bockig.

Warum machte ihre Schwester überhaupt so einen Wirbel um diese Adventsandacht? Letztes Jahr hatte sie das nicht die Bohne gejuckt, allerdings war sie da ja noch mit ihrem perfekten Freund auf Wolke sieben gewesen und hatte das perfekte Paar gespielt. Wenigstens waren sie mittlerweile nicht mehr ganz so quietschig-knutschig-verliebt drauf.

Nervig war es trotzdem noch.

„Komm schon El, es ist doch Weihnachten! Tu es Oma zu Liebe, die freut sich bestimmt", spielte Bianka die Familienkarte aus. Einfach nur fies!

Äußerst widerwillig tauschte Elisa ihre bequeme Jogginghose gegen eine respektable Jeans und sie zog sogar ihre schicke Jacke an, statt dem extra kuschlig-warmen Marshmallow (so nannte sie ihre uralte, rosa Lieblingsjacke).

Gemeinsam gingen sie zu der winzigen Kapelle. Eine richtige Kirche gab es nicht, dafür war das Dörfchen einfach zu klein. Um zu beweisen, dass sie trotzdem sehr religiös waren, hatte sich ein Großteil der sehr alten Bewohner schon brav dort versammelt. Und zwischen all den Omis und Opis kam Biankas perfekter Freund hervor und sprengte damit voll den Altersschnitt.

Elisa wäre viel lieber gemütlich im Warmen auf dem Sofa. Bei all den Leuten wurden einem am Ende immer endlos Gespräche aufgedrückt und man erfuhr all die langweiligen Dorfneuigkeiten, die na ja, einfach langweilig waren. Und nicht zu vergessen diese peinlichen Kindheitserinnerungen. Unangenehm.

Warum genau nochmal hatte sie sich dazu überreden gelassen?

Grummelig vergrub Elisa ihre Hände in den Jackentaschen. Sie würde dieses christliche Bla Bla über sich ergehen lassen und sich danach schön abseits mit Plätzchen vollstopfen. Damit wäre die Sache gegessen.

„Komm! Wir wollen doch einen Platz ganz vorne ergattern!", immer noch so ätzend übermotiviert hakte sich Bianka bei ihrer Schwester unter und zog sie in die Kapelle. Dabei war ein Platz vorne eigentlich genau das Gegenteil von dem, was sie wollte.

Bevor Elisa überhaupt eine echte Chance hatte zu protestieren, standen sie schon ganz vorne in der Mini-Kirche, die nur von Kerzenlicht erhellt wurde. Theoretisch gab es auch noch eine verstaubte Lampe an der Decke mit anheimelnd, grauen Spinnenweben, aber die war schon seit einer Ewigkeit defekt.

Neben der Heiligenfigur hatte sich die übliche Mannschaft versammelt: Die ziemlich rundliche Tante, die das Ganze seit einigen Jahren organisierte, zwei Kommunionskinder aus dem Nachbarort (die wurden natürlich jedes Jahr durch die neueren Exemplare ausgetauscht, doch von der Sache her, war es das Gleiche) und ein Musiker, der ihnen momentan sehr charmant sein Hinterteil zuwandte, während er sein Instrument aus dem schwarzen Koffer holte. Eine Tuba. Mal was anders als die Flöten und Gitarren, die sonst so aufschlugen.

Moment mal! Diese blattartige, filigrane Verzierung am Trichter kam ihr bekannt vor! Das war Jakobs Instrument!

Sofort fing ihr Herz an wie wild zu rasen, als wollte es vor dieser Begegnung flüchten. Mit weiten Augen schaute sie zu ihrer Schwester.

Betont unschuldig lächelte sie und hatte den Blick starr nach vorne gerichtet.

Sie hatte es gewusst! Deswegen hatte sie darauf bestanden, sie hierhin zu schleifen! Elisa hätte es ahnen müssen!

Doch jetzt war es zu spät. Hinter ihnen hatten sich schon so viele Leute wie irgend möglich in die kleine Kapelle gezwängt. Sich durch diese Masse den Weg nach draußen zu kämpfen, war so gut wie unmöglich und es würde mehr Aufmerksamkeit auf sie ziehen, als ein Scheinwerfer.

Nein, sie blieb besser ganz unauffällig hier stehen. Vielleicht übersah er sie dann oder er erkannte sie gar nicht mehr. Eine schwache Hoffnung.

Schließlich hatte er den Tragegurt für die Tuba angezogen und sein mächtiges Instrument eingehängt. Als er sich aufrichtete, konnte sie sehen, dass er seine kastanienbraunen Haare immer noch genauso trug wie früher. Und da war dieses kleine Muttermal auf seinem Nacken. Er war es. Eindeutig.

Wie oft hatte sie damals in der Schule verträumt seinen Nacken gemustert, als er in der Reihe vor ihr gesessen hatte... Bei der Erinnerung wurde ihr gleichzeitig wohlig warm in der Brust und ihre Hände schwitzten so stark, als wollten sie alle unruhigen Gedanken auf diesem Weg rausspülen. Oh Gott!

Unbeschwert drehte Jakob sich um und Elisa konnte auch sein Gesicht sehen. Auch da hatte sich nicht viel verändert, er sah ein bisschen erwachsener aus und ein paar freche Bartstoppeln wuchsen an seinem Kinn. Ansonsten waren es immer noch die gleichen weichen, freundlichen Gesichtszüge, die warmen, braunen Augen und das kleine Lächeln, das fast immer in seinem Gesicht lag und so einfach zu einem breiten Grinsen wurde.

Er war immer noch so zauberhaft wie früher und in ihrem Inneren wurde ein kleines Feuerwerk gezündet: Wunderschön und gleichzeitig beängstigend laut.

Sein herzlicher Blick streifte über die Versammelten und Elisa war sich nicht sicher, ob sie ihn ansehen sollte oder doch lieber verlegen wegschauen. Zweiteres wäre wohl die Strategie eines Schülers, der sich vor dem Lehrer drückte. Immer wieder gut. Aber sie schaffte es nicht den Blick abzuwenden und so erledigte sich diese Entscheidung von selbst.

Jakob sah sie nicht. Sie fiel ihm nicht auf. So überraschend war das auch nicht, immerhin waren hier jede Menge Leute, aber sie schmeckte trotzdem bitter, die Enttäuschung. Nichts hatte sich geändert oder würde sich je ändern.

Er war schon immer der nette Typ gewesen, der sich um alles und jeden kümmerte und so viele Gefallen machte, dass er ständig überall und nirgendwo war. Und sie war nichts Besonderes.

Vor Jahren hatte sie sich schon damit abgefunden und jetzt musste ihre Schwester sie hierhin schleifen und alles kochte wieder hoch.

Na ja, beim nächsten Klassentreffen hätte sie ihn sowieso wieder getroffen, aber bis dahin hätte sie noch Zeit gehabt! Wenigstens ein bisschen. Außerdem wäre sie nicht so überrumpelt worden!

Betrübt schaute sie während der gesamten Adventsandacht auf den Boden und schob mit ihrer Fußspitze ein kleines Steinchen hin und her. Das typische Weihnachtsgerede von Licht in der Dunkelheit, Familie, Zusammenhalt und so einem Zeug kam gar nicht richtig bei ihr an.

Bei den Musikeinlagen zwang sie sich den Text ein bisschen mit zu murmeln.

Laut erfüllt Jakobs Tuba die gesamte Kapelle und gegen dieses voluminöse Bassinstrument kam der Gesang sowieso nicht an. Elisa könnte also rein theoretisch auch nur den Mund bewegen, um den Schein zu wahren.

Als Abschlusslied kam „We wish you a merry Christmas", wahrscheinlich wollten sie mal ein bisschen Abwechslung zu Tochter Zion, Gloria in excelsis Deo und den klassischen Liedern, die jeder im Kindergarten gelernt hatte. Allerdings sangen die meisten den deutschen Text, mit Englisch hatten es die älteren Leute nicht so.

Endlich war das kleine Treffen vorbei und alle strömten nach draußen, um sich mit Plätzchen, Glühwein und warmem Kakao zu stärken. Erleichtert folgte Elisa der Menge und wäre am liebsten sofort weiter nach Hause gegangen. Ihr war egal, dass das unhöflich wäre, sie wollte weg!

Doch Bianka war noch nicht fertig mit ihr. Mit einem zuckersüßen Lächeln nötigte sie ihrer großen Schwester einen Kakao und eine Portion Plätzchen auf.

„Das Bestechungsessen funktioniert nicht", informierte Elisa sie trocken und biss ein Stück Vanillekipferl ab.

Plötzlich kam ihr ein bisschen von dem Puderzucker in den falschen Hals. Heftig fing sie an zu husten. Ihr Hals kratzte bestialisch.

Verkrampft beugte sie sich vornüber. Heiß spritzte der Kakao über ihre Hand und tränkte ihren Jackenärmel.

Mit aller Gewalt verkniff sich ihre Schwester das Lachen. Elisa machte Geräusche wie ein röhrender Elch, der ein Quietsch-Hundespielzeug verschluckt hatte. Aber bei so einem krassen Hustenanfall durfte Bianka sie ja nicht auslachen.

Keuchend atmete Elisa ein und drückte sich die freie Hand auf die Brust. Ein paar kleine Huster kamen noch, aber sie konnte wieder vernünftig atmen. Wütend starrte sie ihre Schwester an. Das war alles ihre Schuld!

„Ist alles in Ordnung?", fragte die tiefe, warme Stimme hinter ihr, die sie nie vergessen könnte. Oh Scheiße! „Ähm, ja. Alles gut", antwortete sie schnell und drehte sich mit einem wackligen Lächeln um. Erkenntnis zeigte sich auf seinem Gesicht: „Elisa?" „Hallo, Jakob", zum Gruß hob sie kurz die Hand und sah dabei aus, als wollte sie fiktive Mücken verscheuchen. Wenn sie nervös war, machte sie immer so seltsame, unnötige Gesten.

„Spielst du eigentlich auch noch Tuba?", wollte Jakob auf seine immer freundliche Art wissen. „Nein, ich hab nach der Bläserklasse aufgehört", antwortete sie mit einem leicht verkniffenen Lächeln. Warum schaffte sie es nicht einfach, sich normal zu verhalten?! Warum war sie so nervös?!

„Schade. Es war immer lustig", meinte er locker.

„Ja", bestätigte sie und nickte immer noch ohne jeden Plan, was sie da gerade tat.

Und schon war ihr Gespräch in eine Sackgasse gelaufen. Wie immer. Vielleicht sollte es einfach nicht sein.

„Schön, dass wir uns hier mal wieder gesehen haben. Bis bald!", meinte sie mit einem Lächeln und hob genauso dämlich die Hand wie schon am Anfang dieser viel zu kurzen Unterhaltung. „Ich fand's auch schön. Auf Wiedersehen", mit diesen Worten drehte er sich um und hatte in Null Komma nichts schon den nächsten Gesprächspartner gefunden.

Eine Spur traurig sah sie ihm hinterher. Mit ein bisschen mehr Mut hätte sie ihm von ihrer albernen Schwärmerei für ihn erzählt, doch das wäre egoistisch gewesen, dann hätte er ihr nämlich das Herz brechen müssen und dafür war er einfach viel zu lieb.

„Ein Satz mit X", enttäuscht tauchte Bianka neben ihr auf. „Das war wohl nix", vervollständigte Elisa das Sprichwort. „Du musst deine Chance auch mal ergreifen! Sonst wird das nie was!", hielt die jüngere Schwester eine kleine Predigt.

„Vielleicht nächstes Jahr", sagte Elisa nur gedankenverloren. „Vielleicht auch in hundert Millionen Jahren", mit einem Stöhnen verdrehte Bianka die Augen.

„Hier. Ein Weihnachts-Schokokuss mit Spekulatius als Keks. An Weihnachten sollte jeder einen

Kuss bekommen", kam auf einmal eine charmante Stimme von hinten.

Sprach der mit ihr? Unsicher drehte sich Elisa um. Tatsächlich. Hinter ihr stand ein Fremder, was für die kleine Adventsandacht schon an ein Wunder grenzte und auch ansonsten erfüllte er die Voraussetzungen für ein Wunder wirklich gut.

Attraktiv, Essen anbietend, sie überhaupt wahrnehmend. Das waren schon drei sehr starke Punkte.

„Danke", etwas überfordert lächelnd nahm sie den Spezial-Schokokuss entgegen. Nach einer unerwiderten Schwärmerei rechnete man ja nicht gerade damit, dass hinter dem nächsten Türchen so jemand wartete!

„Darf ich dir auch einen Becher Glühwein bringen?", fragte die tollste Weihnachtsüberraschung überhaupt. „Äh. Ja. Gerne", antwortete sie immer noch total erschlagen, aber auf eine gute Art und Weise.

Mit einem umwerfenden, lieben Lächeln verschwand er zwischen den angeregt quatschenden Dorfleuten. Und gleich würde er wiederkommen. Diese Gewissheit sorgte in ihrem Inneren für eine ganz krasse Glückshormon-Party.

„Das ist mal ein Kuss nach meinem Geschmack", glücklich grinste Elisa die Süßigkeit an, die von etwas noch viel Süßerem gebracht worden war.

„Ist das auch ein Mann nach deinem Geschmack?", wieder ganz die Kupplerin stieß Bianka ihr den Ellenbogen in die Seite.

„Vielleicht", antwortete sie nur verträumt und biss genüsslich in die Zartbitterschokolade, die von der Kälte schön knackig war. Und dieses Mal klappte es sogar ganz ohne Hustenanfall.

23

Driving home for Christmas

Der Zug war rappelvoll. Alle fuhren in Winterurlaub. In jedem Abteil lauerten quengelnde Kinder und übertrieben stolze Eltern. Horror.

Eva schleppte ihr Gepäck durch den langen Gang. Die Luft war drückend warm und so stickig, dass man kaum noch atmen konnte. Da! Endlich ein freies Abteil! Erleichtert riss sie die Schiebetür auf und trat ins Innere.

„Ah!", schrie Eva erschrocken auf und machte einen Satz nach hinten. Eine ihrer Taschen fiel ihr runter und landete direkt auf dem Typen, der ausgestreckt auf dem Boden lag. „Uff!", stöhnte er und setzte sich ruckartig auf.

„Entschuldigung?", Eva war extrem unsicher. Warum lag da einfach jemand im Zug auf dem Boden?! War er vielleicht irgendwie bewusstlos gewesen? Und dann hatte sie ihn quasi mit einer Tasche abgeworfen! Oh nein!

Irritiert nahm er die Ohrstöpsel raus und drehte sich langsam zu ihr um. Jetzt sah sie sein Gesicht zum ersten Mal richtig.

Ihr fehlten die Worte. Der Kerl war tausendmal gutaussehnender als all die Idioten mit denen ihre

Freundin Jessica sie hatte verkuppeln wollen! Oh Mann! Und sie hatte ihn fast über den Haufen gerannt! Bestimmt hielt er sie jetzt für blind und dämlich! Das hatte sie ja mal wieder toll hinbekommen! Mit Männern hatte sie einfach kein Glück!

„Äh… könnte ich meine Tasche wiederhaben?", bat sie ihn nervös. „Öh… Ja! Natürlich!", antwortete er ebenfalls ziemlich zerstreut und hielt ihr fahrig die Tasche hin. „Danke", sagte sie mit einem unsicheren Lachen.

Sie war wieder auf halbem Weg aus dem Abteil, als er auf die Beine sprang und ihr anbot: „Hier ist noch Platz. Sie könnten sich auch hier hinsetzen. Also nur wenn sie wollen." Kurz zögerte Eva. Ihr Auftreten war schon ordentlich peinlich gewesen, aber er schien sehr nett zu sein und ansonsten war der Zug wirklich voll…

„Okay. Danke", nahm sie knapp an und setzte sich eingemauert in ihr Gepäck in die Ecke und versuchte mit aller Macht überall hin zu sehen, nur nicht zu ihm. Etwa genauso zurückgezogen saß er in der anderen Ecke. Allerdings steckte er nur einen Kopfhörer wieder ins Ohr.

Ja, schon klar, Eva hatte nicht hinsehen wollen, doch sie schaffte es nicht, das wirklich konsequent umzusetzen und auch er schielte immer wieder zu ihr rüber.

Nur um dieser merkwürdigen Spannung zu entkommen, nahm Eva ihr Handy und fing an mit Jessica zu schreiben. „Ich sitze gerade mit einem richtig attraktiven Typ im Abteil und weiß nicht was ich tun soll!", schrieb Eva wahrheitsgemäß.

Bestimmt würde sie sofort anfangen die Hochzeit zu planen und sie konnten gemeinsam rumalbern wie sie es immer taten.

Doch sie las die Nachricht einfach nicht! Jessica! Sonst war auf sie doch immer Verlass! Och, komm schon! Unruhig fing sie an mit dem Bein zu wippen. Ihre Freundin las es nicht, immer noch nicht, nein, nichts, gar nichts.

Frustriert schaltete sie ihr Handy wieder aus und wusste absolut nichts mit sich anzufangen.

„Ich bin übrigens Eva", rang sie sich schließlich mit einem nervösen Lächeln ab. „Ich bin Luiz", stellte auch er sich vor.

Dann war das „Gespräch" wieder vorbei, wenn man es überhaupt so nennen konnte. In der Stille des erstaunlich gut schallisolierten Abteils konnte sie ganz leise eine Melodie hören. Um sie zu erkennen, brauchte Eva einen Moment. Es war „Driving home for Chistmas" auf Dauerschleife. Wie symbolisch.

Verträumt schaute sie dabei zu, wie die graue Landschaft am Fenster vorbei flog und hörte auf die vertraute Weihnachtsmusik. Langsam entspannte sie sich wieder. Sie konnte es auch nicht genau erklären, aber irgendwie machte sie diese Kombi aus Weihnachtsmusik und ständiger Fahrt ruhig.

Eher durch Zufall begegneten sich ihre Blicke wieder, doch dieses Mal schauten sie nicht hastig weg. Irgendwie war dieser Moment seltsam, sie mussten aussehen wie zwei Hypnotisierte, richtig bescheuert. Doch es fühlte sich vollkommen normal an.

„Wohin fährst du eigentlich?", brach Eva schlagartig wieder nervös diesen merkwürdig magischen Moment. „Ich bin Fotograf und in so einer kleinen Stadt, deren Namen ich ehrlich gesagt schon vergessen habe, für ein Klassentreffen angeheuert worden. Allerdings finde ich es schon seltsam, so etwas ausgerechnet an Weihnachten zu machen", antwortete Luiz ihr bereitwillig.

Ungläubig klappte ihr der Mund auf. „Ich bin auch auf dem Weg zu einem Klassentreffen!", rief sie total baff. Ein größerer Zufall hätte ihr Treffen kaum sein können! Vielleicht war es ja sogar das gleiche! „Wirklich?", erstaunt wanderten seine Augenbrauen in die Höhe.

Auf einmal platzte das Lachen aus Eva heraus und sie konnte gar nicht mehr aufhören. Komplett gelöst stieg auch Luiz mit ein. Das war doch absolut verrückt!

Doch irgendwann war ihr alberner Lachanfall wieder vorbei und das leicht unangenehme Schweigen kehrte wieder zurück.

„Ähm…", verlegen kratzte sie sich an der Wange. „Hörst du gerne Weihnachtslieder?", versuchte dieses Mal er die Lücke zu füllen. „Ja, die gehören doch dazu", sagte sie mit einem kleinen Lächeln und wusste schon was jetzt kommen würde.

Genau wie sie erwartet hatte, zog er die Kopfhörer aus dem Handy und „Driving home for Christmas" schallte aus den etwas bescheidenen Handy-Lautsprechern. Natürlich hätte er sie auch fragen können, ob sie sich die Kopfhörer teilen sollten. Dafür hätte sie sich neben ihn setzen müssen und ein kleiner, unvernünftiger Teil in ihr wünschte sich das sogar. Aber sie kannten sich doch kaum!

Eine Weile hörten sie schweigend auf die Musik. „Warum dieses Lied?", Eva war die Frage mehr so rausgerutscht und sie schob schnell hinterher: „Wenn es nicht zu persönlich ist." Sie wollte ihn nicht zu etwas drängen.

Kurz zögerte er und es schien ihn fast zu überraschen, als hätte er gar nicht gemerkt, dass es die ganze Zeit auf Endlosschleife gelaufen war.

„Das ist eine Art... Ritual", fing er an ein wenig gedankenverloren zu erzählen: „Auf einer Weihnachtsfeier in meiner alten Schule, gab es ein kleines Desaster. Die Band war kurzfristig ausgefallen und dann hatte die als Ersatz organisierte Musikanlage einen Defekt und hat permanent nur noch dieses Lied gespielt. Dazu ist noch der eigentliche Fotograf ausgefallen und ich hab es kurzerhand übernommen. Das war mein erster richtiger Auftrag und es war einfach genau meine Welt. Ich habe es geliebt diese ganzen Momente einzufangen und unvergänglich zu machen. Seitdem bin ich Fotograf."

„Das ist eine schöne Geschichte", meinte sie und war ganz verzaubert von seinem verträumten

Lächeln. „Und gehört es auch zu diesem Ritual auf dem Boden zu liegen?", traute Eva sich endlich die Frage zu stellen, die sie schon die ganze Zeit beschäftigt hatte.

Mit einem kleinen Lachen antwortete er: „Nein, ich war nur in Gedanken und hab einen Perspektivwechsel gebraucht." „Einen Perspektivwechsel?", wiederholte sie mit hochgezogenen Augenbrauen: „Auf dem Boden in einem Zug?"

„Hey! Du hast es doch noch nie selbst probiert!", verteidigte er unbeschwert sein Verhalten. „Ist das jetzt eine Aufforderung mich auf den Boden zu legen?", fragte Eva irgendwie aufgeregt. „Würdest du mich für verrückt halten, wenn ich ja sagen würde?", stellte er geschickt eine Gegenfrage. Kurz zögerte sie. Verrückt war es auf jeden Fall. Alles hier hatte etwas Verrücktes an sich, aber irgendwie auf eine gute Art und Weise.

Ohne wirklich darüber nachzudenken stand sie einfach auf und legte sich auf den Boden. Verrückt. Unter sich spürte sie das leichte Ruckeln des Zuges und über sich sah sie die unscheinbare graue Decke, die von den Gepäckträgern eingerahmt wurde. An sich keine spektakuläre Aussicht und trotzdem war es irgendwie ein spektakulärer Moment.

Eva spürte wie sie rot wurde, als sie zu Luiz aufsah und ihre verrückten Gedanken sich wie von selbst zu Worten fügten: „Willst du dich zu mir legen?" Wie hatte sie das nur laut sagen können?! Peinlich!

Heiß kochte in ihr die Angst vor seiner Reaktion hoch. Ihre Hände wurden sogar schwitzig!

Vielleicht wäre es das Beste, einfach ganz schnell wieder aufzustehen und sich bei den Koffern zu verdrücken. Ja, genau! Lieber jetzt die Notbremse ziehen und retten, was noch zu retten war! Warum musste sie immer so kopflos handeln, wenn ein attraktiver, netter Mann dabei war?! Sie war eine Katastrophe!

Bevor sie sich noch weiter selbst zerfleischen konnte, ließ er sich plötzlich von seinem Sitz gleiten und legte sich genau neben sie. Überrumpelt hielt sie die Luft an. Auf dem Boden war nicht besonders viel Platz. Ihre Schultern berührten sich. Sie waren sich so verdammt nahe.

Starr richtete sie ihren Blick nach oben. Wenn sie den Kopf drehte, wäre sein Gesicht gleich da und... Keine Ahnung was das bedeutete, aber es fühlte sich bedeutsam an! Gleichzeitig war sie unruhig und erleichtert und einfach vollkommen überwältigt.

Fast hätte sie bei diesem prickelnden Gefühls-cocktail wieder angefangen zu lachen. Jetzt lag sie hier einfach mit dem Fotografen für ihr Klassentreffen im Zug auf dem Boden. Was war das bitteschön?

Ruckartig wurde die Tür des Abteils aufgerissen. Erschrocken überstreckten beide ihre Köpfe, um die Türöffnung zu sehen. Kopfüber offenbarte sich ihnen ein sehr runder, sehr alter Mann mit sehr wenig Haaren.

Im ersten Moment war sein Blick genauso überrascht, dann wurde er abfällig und bevor die beiden überhaupt die Chance hatten sich zu erklären, hatte der alte Herr die Tür schon wieder zugeschlagen.

Irritiert schauten sie sich an und lachten prustend los. „Hast du seinen Blick gesehen?", japste Eva ausgelassen. „Bestimmt dachte der wir würden hier unanständige Sachen treiben", kicherte Luiz außer Atem. „Ja", bestätigte sie gedankenverloren und drehte sich auf die Seite, sodass sie ihn besser sehen konnte.

Mit einem Mal hatte sich die lustige, unbeschwerte Stimmung in eine knisternde Spannung verwandelt. Sein Gesicht war vom Lachen noch gerötet und seine Pupillen waren ganz groß. Eva konnte sich selbst in seinen Augen sehen.

„Diese Perspektive gefällt mir", flüsterte sie und ihr Herz schlug völlig aus dem Takt, als er warm lächelte. Zögerlich streckte sie ihre Hand nach ihm aus und legte sie sanft auf seine Wange. Zärtlich legte er seine Hand auf ihre und hauchte einen Kuss auf ihre Handfläche.

„Was würdest du von einer Nahaufnahme halten?", fragte er atemlos. „Find ich super", bekam ihr Hirn gerade noch zustande und schaltete sich dann kurzerhand ab.

Nicht unbedingt elegant rückte Eva näher, doch in diesem Moment schämte sie sich kein Stück für ihre Ungeschicktheit, denn er sah sie an, als wäre sie einfach perfekt. Sanft berührten sich ihre Lippen und sie vergaßen alles in einem langen Kuss. Es war genau wie in dem Lied, die Zeit zog vorbei, nur dass sie dafür nicht sangen und sie fuhren auch nicht in einem Auto, aber das war egal, in diesem Moment war alles egal, denn er gehörte nur ihnen beiden.

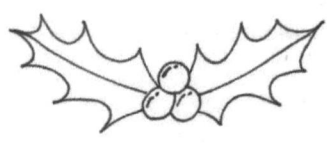

24

Stille Nacht, heilige Nacht

Julia stellte ihr Tablett auf die Theke und tauschte die leeren Flaschen gegen neue aus. Das war wirklich das seltsamste Klassentreffen, von dem sie je gehört hatte. Mittags an Heiligabend. Wer wohl auf diese Idee gekommen war…

„Die meisten haben hier Familie und kommen über die Weihnachtsfeiertage sowieso hierhin. Und wir hatten gleich im Jahr von unserem Abschluss eine kleine Weihnachtsfeier gemacht, das hat sich irgendwie als Treffen eingebürgert. Auch wenn wir jetzt ein paar Jahre gewartet haben", erklärte Lara ihr, als hätte sie ihre Gedanken gelesen.

Allerdings steckten da wohl kaum übernatürliche Fähigkeiten dahinter. Das Gesicht der brünetten Bedienung war schon immer wie ein offenes Buch gewesen und diese Frage war wirklich ziemlich offensichtlich.

Weil Julia nicht wusste, was sie ihrer Arbeitgeberin darauf antworten sollte, nickte sie einfach nur. Selbst mit dieser Erklärung kam ihr diese Veranstaltung noch reichlich merkwürdig vor. Aber auch wenn heute kein gesetzlicher Feiertag war, bekam sie trotzdem einen Feiertagszuschlag und von dieser Meute war sicher nicht schlecht Trinkgeld zu kassieren, von daher konnte sie sich nicht beschweren.

„Ist sonst alles in Ordnung? Gab es irgendwie Streit oder sonst wie Probleme?", erkundigte Lara sich und knetete dabei unruhig ihre Hände. „Nein, es ist alles gut", versicherte Julia und hob das volle Tablett hoch. „Wenn irgendetwas ist...", fing sie sorgenvoll an und wurde mitten im Satz von ihrem Mann abgelöst: „Dann komm bloß nicht zu ihr, sonst denkt sie noch, sie wäre heute hier die Chefin. Sag lieber mir Bescheid und ich kümmere mich dann darum."

Daniel hatte von hinten die Arme um sie geschlungen und den Kopf auf ihre Schulter gelegt. Mit einem kleinen Stöhnen rollte Lara mit den Augen und er drückte ihr einfach einen kleinen Kuss auf die Wange. Die beiden waren echt süß zusammen, der Kindskopf und das organisatorische Nervenbündel, gemeinsam ein perfektes Team, allein eine Herausforderung für sich.

„Alles läuft gut und wir werden uns jetzt mit den anderen amüsieren", bestärkend griff Daniel die Hand seiner Frau und führte sie zurück an ihren Tisch. Sie sah dabei zwar ein bisschen gequält aus, aber sie ließ sich nicht unterkriegen, beziehungsweise hatte ihren Rettungsring an ihrer Seite.

So eine unterstützende Beziehung war schon schön. Julia wünschte sich irgendwann auch so jemanden zu haben. Aber jetzt musste sie erst einmal die Getränke verteilen, sonst hatte sich der Schaum vom gezapften Bier schon aufgelöst und dann Gnade ihr Gott.

Als erstes stellte Julia die zwei Colas vor den Zockern ab. Sie bekamen es gar nicht richtig mit. Fieberhaft tippten die beiden an ihren Handys unterm Tisch rum. Dabei erinnerten sie so ein bisschen an Schüler, die ihre Aktivitäten vor einem Lehrer verbergen wollten und trotzdem total offensichtlich waren. Schon allein die Grimassen, die sie dabei ständig schnitten!

Soweit sie am Anfang gehört hatte, hießen die beiden Henry und Freddie, nur war sie sich nicht ganz sicher, wer wer war. Vielleicht war Henry ja eine Kurzform für Henrietta. Julias Oma hieß so. Vielleicht war auch Freddie die Kurzform, nur fiel ihr da kein plausibler langer Name ein.

Mit Abstand am meisten liebte sie es beim Kellnern, den Menschen zuzuhören und ihre Geschichten zu erfahren, doch von diesen beiden wusste sie so gut wie nichts. Kurz nachdem sie ihr Essen bestellt hatten, hatten sie mit dem Zocken angefangen und nur ab und an den Blick geistesabwesend gehoben.

Scheinbar gab es in ihrem Spiel ein befristetes Weihnachtsevent, das schloss Julia zumindest aus den kleinen Ausblicken, die sie auf den Bildschirmen erhascht hatte. Sie war halt doch eine kleine Vorwitznase.

Plötzlich jubelten beide auf und der Mann riss so euphorisch seine Arme in die Luft, dass er dabei glatt die volle Colaflasche umstieß. Erschrocken riss er die Augen auf und schien jetzt erst zu merken, wo er war. Sein Tischnachbar reagierte da deutlich schneller. Flink stellte Sebastian die Flasche wieder auf und nutzte sofort seine rote Serviette, um die Pfütze auf dem Tisch zu beseitigen. Der größte Teil der süßen Flüssigkeit war jedoch schon in seinem Salat gelandet.

„Das tut mir so leid! Echt! Das ist mies gelaufen! Entschuldigung!", entschuldigte sich der Zocker schuldbewusst. „Alles gut. Salat mit Cola-Dressing ist doch mal ein interessantes Experiment. Wenn es schmeckt, empfehle ich es mal dem Koch vom Hotel, wo ich arbeite. Ich hab da so meine Kontakte", beim letzten Satz zwinkerte er Mia neben sich zu. Bei dem Gedanken an ihr romantisches Essen im Putzraum konnte sie gar nicht anders als schmunzeln.

Die Toilette im Hotel nicht abzuschließen war wahrscheinlich die beste Entscheidung ihres Lebens gewesen! Und ihn zu diesem pflichtmäßigen Klassentreffen zu schleifen wohl die zweitbeste. Sebastian lockerte alles so wundervoll auf und brachte Farbe in jeden Moment. Mia war einfach nur glücklich.

„Soll ich Ihnen ein neues Getränk bringen?", fragte Julia höflich und hatte schon die Hand ausgestreckt um die fast leere Flasche wieder aufs Tablett zu stellen. „Nein, nein, das ist nicht nötig, Freddie und ich teilen uns eine", meinte der tollpatschige Zocker mit einem freundlichen Lächeln und legte der rothaarigen Frau einen Arm um die Schulter.

„Ich teile gar nichts mit dir! Ich habe gewonnen! Du teilst höchstens mit mir!", entgegnete sie schelmisch. „Wir haben zusammen gewonnen!", widersprach er mit dem gleichen frechen Funkeln in den Augen. „Ich aber mehr als du!", beharrte sie entschlossen. Henry sah ein, dass er keine Chance hatte zu gewinnen und beendete die Diskussion kurzerhand mit einem Kuss.

Oh, so süß! Julia konnte gar nicht anders als zu lächeln, während sie ihre Runde fortsetzte. Mia und Sebastian teilten sich eine Flasche Sekt und waren noch versorgt, die nächsten Getränke waren für das doppelte Lottchen, inklusive Begleitung.

Annalotta und Evalotta schwelgten schon die ganze Zeit lachend in Schulerinnerungen und was man da so am Rande mitbekam war ganz schön turbulent. Auslaufende Heizkörper auf der Toilette wegen einer Rangelei, versteckte Botschaften in den Musikkoffern der Bläserklasse, Grillen auf dem Parkplatz, sodass sich der Teer verbog… Eine wilde Schulzeit.

Jetzt gingen beide arbeiten und statt kindischem Quatsch gab es knuffige Liebesgeschichten. Annalotta war Verputzerin und Evalotta gehörte ein sehr gefragtes Optikgeschäft. In diesem Laden hatten sich auch Evalotta und Mario kennengelernt und er beteuerte, dass er sich schon auf den ersten Blick in diese energische Frau verliebt hatte, auch als er sie noch ganz unscharf gesehen hatte. Alle mussten lachen und er bekam einen protestierenden Ellenbogen in die Seite.

Das zweite Pärchen kannte sich nicht von der Arbeit, sondern vom Orchester. Allerdings hatte es da einen fliegenden Stimmzug und einen blutrünstigen Stuhl gebraucht, damit es zwischen ihnen romantisch wurde.

Wirklich ein sehr gesprächiger Ecken, aber die Geschichten waren auch alle so lustig und süß! Am liebsten wäre Julia noch für eine Ewigkeit hinter ihnen geblieben und hätte einfach zugehört.

Direkt daneben saß einer der wenigen Singels bei dieser Runde und mischte in allen Gesprächen in seiner Nähe ein bisschen mit. Besonders wenn Annalotta und Nick das Orchester zur Sprache brachten, war er immer gut dabei, denn er spielte selbst Tuba.

„Danke!", grinste er sie freundlich an, als sie ihm sein drittes Bier hinstellte. Er hatte wirklich ein sehr nettes und breites Grinsen, so ein richtiges Teddybär-Gesicht. Diesen kleinen Chaoten kannte Julia sogar schon, na ja, was heißt hier kennen? Jakob war wirklich überall dabei und auf der Kirmes letztes Jahr hatte er bei der Messe mitgeholfen.

Und auch wenn er für andere so gut wie alles organisierte und tatkräftig anpackte, hatte sie so das Gefühl, dass er sein eignes Leben nicht ganz organisiert bekam. Sie wusste ehrlichgesagt nicht einmal woran genau sie es festmachte. Auf jeden Fall wirkte er ein kleines bisschen zerstreut, auf eine liebenswürdige Art und Weise.

Ebenfalls ohne Begleitung gekommen war Elisa und sie schaute auffällig oft zu Jakob rüber. Es war nicht schwer zu merken, dass sie ihn ganz besonders liebenswürdig fand.

Julia überlegte schon, ob sie versuchen sollte die beiden zu verkuppeln, immerhin hatte Amor in dieser Klassengemeinschaft für ordentlich viele frisch Verliebte gesorgt. Vielleicht klappte es ja auch da, vielleicht aber auch nicht und dann hätte sie ihnen den Tag ziemlich versaut, Heiligabend, ein heikler Tag.

Also entschied sie sich in der Rolle der Bedienung und der stummen Beobachterin zu bleiben. Sie sollte die Nase sowieso nicht so viel in die Angelegenheiten von anderen Menschen stecken, das war ihr schon mehrmals gesagt worden.

Trotzdem fieberte sie so mit Elisa mit, dass sie sich traute Jakob anzusprechen und beide glücklich zusammen ihr Happy End bekamen.

„Hey, Elisa, warst du das letztens?", fragte Annalotta ja sehr konkret. „Was war ich? Und wann? Und wo?", erkundigte sich die einsame Frau mit einem großen Fragezeichen im Gesicht.

„Ich hab ein Pärchen im Wald spazieren gehen gesehen. Ich hätte schwören können, das warst du und den Typen habe ich noch nie gesehen", präzisierte die Klarinettenspielerin eine Spur verschwörerisch.

„Der Typ heißt Rick und ja, ich war mit ihm spazieren. Er ist neu hierhin gezogen und da habe ich ihm ein bisschen die Gegend gezeigt", erzählte Elisa und bekam dabei so ein Strahlen ins Gesicht.

Da hatte sich Julia wohl geirrt, sie war nicht einsam und auch nicht mehr so richtig Single. Klang ganz so, als hätte sie schon ihr Happy End gefunden...

Plötzlich wurde Julia von hinten angerempelt. „Dora!", rief eine aufgebrachte Frauenstimme. Das Tablett in ihren Händen geriet ins Wanken. Oh nein! Blitzschnell sprang Olivia von ihrem Stuhl auf und stützte das Tablett. Nur ein paar Getränke waren übergeschwappt, keins umgekippt. Gerade nochmal gut gegangen!

Erleichtert atmete Julia aus: „Danke." „Kein Problem", erwiderte Olivia mit einem kleinen Lächeln und nachdem sie sicher war, dass die Kellnerin wieder alles fest im Griff hatte, setzte sie sich zurück und flüsterte kaum hörbar zu Heinz: „So ein Tablett geht sicher genauso gut wie eine Plastiktüte."

Julia verstand nicht so ganz was sie damit meinte, doch Heinz musste herzhaft loslachen und in diesem Moment zeigte Olivias Blick die pure Liebe.

Wenn sie jemals auch so angesehen werden würde...

„Das tut mir leid. Sie wissen ja wie Kinder manchmal sein können", entschuldigend lächelte Doras Mutter sie an und hielt ihre Tochter an der Hand, die ebenfalls ein entschuldigendes Grinsen aufgesetzt hatte. „Ist ja nichts passiert", verzieh Julia ihr sofort.

Die kleine Dora war wirklich goldig. Schon gleich als sie die erste Getränkebestellung aufgenommen hatte, hatte dieser Schatz ihr die Christrose aus der Vase auf ihrem Tisch geschenkt. Und ihr kleiner Bruder war auch ein echter Sonnenschein. Seitdem sie hier waren, hatte er kein einziges Mal geschrien und ständig mit seinen kleinen Patschehändchen auf den Tisch, seinen Stuhl und alles was sonst noch in Reichweite war, getrommelt. Dominik wurde bestimmt mal ein leidenschaftlicher Schlagzeuger.

Nach diesem kleinen Zwischenfall machte sie schnell weiter. Mittlerweile hatte sie schon so lange rumgetrödelt, dass der Kaffee, den David und Iwan geordert hatten sicher nur noch lauwarm war. Aber die beiden hatten ja auch ihr Essen kalt werden gelassen, weil sie so mit sich beschäftigt waren, bestimmt störte sie das nicht so.

„Oh! Der Kaffee!", machte Iwan den Bäcker aufmerksam und beide schauten regelrecht erwartungsvoll zu ihr. Vorsichtig stellte sie die leicht feuchten Kaffeetassen vor den beiden auf den Tisch. „Das mit dem Zusammenstoß eben haben sie gut hinbekommen", meinte David anerkennend: „Ich hätte mir an Ihrer Stelle wahrscheinlich alles übergeschüttet."

„Ja, in dieser Rolle sehe ich dich auch", stichelte Iwan ein bisschen und sein Freund warf ihm einen finsteren Blick zu, der jedoch nicht sonderlich finster ausfiel.

Mit einem Lächeln zog sich Julia wieder zurück, aber sie konnte nicht widerstehen einen kleinen Moment zu lauschen. „Die machen nicht so schöne Herzchen in den Kaffee, wie du", stellte der Lektor mit einem kleinen, scherzhaften Schmollmund fest. „Das ist kein Vergleich zu dem, was du mit meinem Herzchen machst", entgegnete David und beugte sich für einen sanften Kuss vor.

Jemand pfiff laut und machte Julia damit auf sich aufmerksam. Und schon war ihre gerührte Stimmung futsch. Niemand anderes als Silas winkte sie zu sich. Fast schon aus Reflex wollte sie die Augen verdrehen. Von allen hier konnte sie ihn am wenigsten leiden, schon allein seine protzige Erscheinung. Ätzend.

Mit sehr missbilligendem Blick schlug ihm seine Begleitung auf die Brust. „Was denn? Sie hat uns doch nicht gesehen und sie ist so langsam, dass wir noch Stunden warten müssten!", verteidigte er sich leise, aber nicht leise genug. Emica zog nur unbeeindruckt die Augenbrauen hoch. Es war klar, dass sein Argument für sie nicht wirklich zählte.

„Na schön!", gab er mit einem Seufzen nach und wandte sie dann zuckersüß lächelnd an Julia: „Ich möchte mich für mein unangebrachtes Verhalten entschuldigen. Könnten Sie uns vielleicht neue Getränke bringen? Bitte?"

„Ich liefere noch gerade die anderen Sachen aus, dann komme ich wieder zu Ihnen", antwortete Julia steif und Emica verdrehte über Silas die Augen. Die Kroatin war ihr wirklich sympathisch, nur warum sie mit diesem Idioten da war, war Julia schleierhaft, auch wenn sie ihn erstaunlich gut im Griff hatte.

Auf ihrem Tablett standen noch zwei kleine Sprudel und eine Weinschorle. Zuerst lieferte sie die Weinschorle an Eva ab. Offiziell gehörte sie zu den wenigen ohne Begleitung, aber sie tauschte die ganze Zeit allessagende Blicke mit dem Fotografen aus und sie hatte schon mindestens dreimal die Geschichte erzählt, wie sie beide sich zufällig im Zug getroffen hatten. Es würde Julia so gar nicht wundern, wenn am Ende Eva auf sehr vielen der Bilder auftauchte.

Und zum Schluss noch den Sprudel für Benedikt und Lukas. Benedikt zupfte gerade gedankenverloren bei einem der Deko-Tannenzweige die Nadeln ab. Lukas unterhielt sich locker mit einem seiner alten Klassenkameraden und als das Gespräch wieder beendet war und er das kleine Deko-Massaker seines Partners sah witzelte er: „Willst du mich damit auch abwerfen?"

Schelmisch erwiderte Benedikt: „Es ist sehr verlockend." „Ich wüsste noch etwas, das viel verlockender wäre...", die spaßhafte Unbeschwertheit zwischen den beiden hatte sich in prickelnde Erwartung verwandelt. Langsam kamen sie sich näher.

Heute wurde wirklich außergewöhnlich viel geküsst. Aber Julia liebte die vielen Pärchen mit ganzem Herzen. Liebe war so wunderschön. Und sie wollte da auch nicht stören, aber irgendwie musste sie den Sprudel loswerden, bevor dieser Silas noch auf die Idee kam sie „Serviermaus" oder so etwas zu rufen.

Möglichst unauffällig platzierte sie die beiden kleinen Flaschen auf dem Tisch. Bei der Bestellung hatte Lukas mit einem Zwinkern gemeint, dieses Mal würde er den Sprudel spendieren. So kleine, vertraute Anspielungen waren doch einfach nur süß!

Irgendwie fühlte sich Julia eher wie in einem weihnachtlichen Liebesfilm, als einem Klassentreffen. Nur das Schwelgen in Erinnerungen und ein bisschen Angeberei hier und da erinnerten daran, dass das eigentlich kein Treffen der verliebten Pärchen war.

Auf ihrem Weg zurück zur Theke kam sie wieder bei Silas und Emica vorbei. In der Zwischenzeit war die Diskussion über respektvolles Verhalten wohl vorüber und auch die beiden waren in einem sehr leidenschaftlichen Kuss gefangen. Allerdings hatte sie hier keinerlei Skrupel zu stören.

Laut räusperte sie sich. Keine Reaktion. Also räusperte sie sich noch lauter und dieses Mal schaute Silas eine Spur atemlos auf. Als er sie sah murmelte er nur: „Bringen Sie einfach irgendetwas", und widmete sich dann wieder ganz seiner Begleitung. „Du kannst echt ein Dummkopf sein", hörte sie Emica flüstern. „Und du ein Quälgeist", wisperte Silas zurück und danach stopften sie sich gegenseitig den Mund.

Mit einem kleinen Kopfschütteln, das sie sich einfach nicht verkneifen konnte, ging sie zur Theke um diese wahnsinnig präzise Bestellung zu erfüllen. Kurzerhand entschied sie sich für die teuerste Flasche Wein, die sie hatten. Er konnte es sich ja leisten.

Als sie wieder bei ihrem Tisch ankam, waren die beiden immer noch verschlungen. Wenig dezent stellte sie die Flasche mit den beiden Gläsern auf den Tisch. „Gin wäre ja passender gewesen", merkte Silas an, doch zur Abwechslung klang es mal nicht wie Kritik. Das lag vielleicht an dem leicht verträumten Grinsen auf seinem Gesicht.

„Betrunken bist du unausstehlich", stöhnte Emica und berief sich dabei wohl auf Erinnerungen, denn zwischen küssen, diskutieren und angeben war er noch nicht dazu gekommen, wirklich viel Alkohol zu sich zu nehmen, genauso wenig auch feste Nahrung. „Ich weiß, dass ich unwiderstehlich bin", erwiderte er und sein Grinsen wurde wieder typisch selbstüberzeugt. „Das habe ich nicht ge...", wollte die taffe Kroatin noch protestieren, doch schon küsste er sie wieder.

Bei sowas direkt dahinter zu stehen, war schon ein klein wenig unangenehm und so zog sich Julia erneut zur Theke zurück. Von dort aus hatte sie einen ganz guten Überblick. Eigentlich sollte heute ja noch Hektor kellnern, aber der hatte sich beim Nachtrodeln das Bein gebrochen. Alleine mit der Versammlung klar zu kommen war schon anstrengend, aber gerade schien sie eine Pause zu haben. Nirgendwo konnte sie leere Gläser entdecken und alle waren total vertieft in ihre Gespräche. Na ja, fast alle.

Silvia und Christian waren ziemlich still. Gedankenverloren hatte sie ihren Kopf an seine Schulter gelehnt und er umarmte sie liebevoll. Julia verstand, warum Silvia oft so abwesend ins Nichts starrte, sie hatte von dem Tod ihres Vaters in der Zeitung gelesen, ein Unfall mit einem LKW. Traurige Geschichte.

Aber sie ließ sich nicht unterkriegen, sie hatte heute Abend auch schon einige Male mit den anderen gelacht. Sie wusste aus eigener Erfahrung wie schwer so ein Schicksalsschlag sein konnte… Nein, daran wollte sie jetzt nicht denken.

Statt ihre zauberhafte Arbeit mit düsteren Gedanken zu trüben, warf sie einen Blick zu ihren Arbeitgebern im „Musikecken".

Die Gespräche bei ihnen drehten sich eigentlich nur um dieses eine Thema. Und über ihre Leidenschaft für Musik hatte Lara glatt vergessen, sich Sorgen zu machen.

Direkt bei ihnen saßen Martina und Rosalie. Auch sie brannten mit ganzer Seele für die Musik. Wenn Julia es richtig mitbekommen hatte, hatten sie sich sogar auf einem Benefizkonzert kennengelernt, an dem beide teilgenommen hatten. So romantisch! Diese Vorstellung, dass jemand auf der Bühne stand, vor so vielen Leuten und dir alleine seine Musik widmete... Einfach unglaublich!

Und dann noch dieser Moment ganz am Anfang! Bevor sich alle ihre Plätze gesucht hatten, war noch so eine Art lockeres Wiedersehen gewesen. Ole war zu ihnen rüber gekommen und hatte unsicher gefragt: „Martin? Bist du das?" „Ich heiße jetzt Martina", hatte die beeindruckende Frau ruhig geantwortet. „Aber du warst doch mal ein Mann", war es Ole nicht besonders geschickt rausgerutscht. „Und du warst wohl mal ein Idiot. Oh nein, das stimmt ja gar nicht. Du bist es immer noch", hatte Rosalie sofort zurückgeschossen.

„Ist schon in Ordnung. Ole hat schon immer jedes Fettnäpfchen auf seinem Weg mitgeholt", meinte Martina mit einem warmen Lächeln zu Rosalie und fügte dann an Ole gewandt hinzu: „Nimm es ihr nicht übel, sie ist mein Schutzengel."

„Übelnehmen? Der Spruch war auf den Punkt! Ich mag sie! Und meine Bemerkung war wirklich dumm! Ihr müsst mir unbedingt von euch erzählen!", grinsend war Ole zwischen sie getreten und hatte jedem einen Arm um die Schulter gelegt.

Julia bewunderte Martina dafür, wie offen sie mit alldem umging, sie bekam bestimmt oft dumme Sprüche zu hören. Und auch Ole bewunderte sie irgendwie, er war so komplett frei und gerade heraus.

Seine Begleitung wirkte wie das genaue Gegenteil von ihm. Astrid gehörte auch zu den ehemaligen Schülern und sie war eher ruhig und etwas zurückgezogen, aber trotzdem freundlich.

Die beiden zu beobachten war immer interessant. Anders als viele der anderen, hingen sie nicht ständig aufeinander. Obwohl Ole schon mit so gut wie jedem geredet und gescherzt hatte, nahm er sich immer noch die meiste Zeit für sie und nutzte jede Gelegenheit, um sie zum Lachen zu bringen.

Er hatte ihr sogar schon Kartentricks gezeigt! Und sie hatten ein Wettfalten der Servietten veranstaltet. Jetzt gerade hielt er sich zwei Gabeln auf den Kopf, sodass er ganz entfernte Ähnlichkeit mit einem Rentier hatte und Astrid kicherte hemmungslos vor sich hin.

Bei ihm war sie viel gelöster, als bei all ihren anderen ehemaligen Klassenkameraden und gleichzeitig half sie ihm dem ein oder anderen Fettnäpfchen auszuweichen. Als er seine Ellenbogen wieder auf den Tisch stützte, zog sie flink den Teller zur Seite, sodass er seinen Arm nicht in der Pilz-Rahm-Soße seines Schnitzels versenkte.

Bevor Julia weiter vor sich hin träumen konnte, schallte plötzlich ein lautes Tröten durch den Raum. Und gleich ein zweites. Für einen Herzschlag herrschte absolute Stille. Dann fingen fast alle der ehemaligen Schüler an wissend zu lachen und mehr als einmal fiel die Bezeichnung „Benjasmin Blümchen".

Jasmin steckte beschämt ihr Taschentuch weg und machte sich in ihrem Stuhl möglichst klein. Offensichtlich fühlte sie sich gar nicht wohl dabei.

Neugierig machte Julia ein paar Schritte in ihre Richtung, um besser zu hören, was gesagt wurde. „Manchmal muss man es einfach rauslassen", meinte Jochen und legte ihr unterstützend die Hand auf die Schulter und fügte dann grinsend hinzu: „Und manchmal übernimmt das ein Marder für einen."

Bei dieser Bemerkung schlich sich ihr ein kleines Lächeln aufs Gesicht. Klirrend zog er seinen Autoschlüssel aus der Hosentasche, hielt ihn hoch und drückte ihr einen kleinen Kuss auf die Nasenspitze: „Ich liebe dein Näschen." „Und ich liebe dich", entgegnete sie und von ihm hörte man nur noch ein kleines: „Oh!", bevor sie ihn richtig küsste.

Mit einem Klatschen landete der Autoschlüssel auf dem Boden und jetzt sah Julia auch den Mistelzweig-Anhänger. Das erklärte, warum er ihn gerade so komisch hochgehalten hatte.

Links nahm sie eine Bewegung wahr. Jemand hatte eine Hand gehoben und als Julia in die Richtung sah, nahm dieser Jemand Blickkontakt zu ihr auf. Stimmt ja, sie war hier um zu arbeiten.

Sofort kam sie zu Leonie und Tiara rüber. „Bitte noch zweimal Kaffee", mit diesen Worten hielt Leonie ihr die beiden leeren Tassen entgegen: „Und hätten sie zufällig saure Gummibärchen oder Lebkuchen?"

Überrumpelt wanderten Julias Augenbrauen in die Höhe. Saure Gummibärchen und Lebkuchen? Tiara rammte ihrer Begleitung den Ellenbogen in die Seite und wandte sich mit einem entschuldigenden Lächeln an Julia: „Ignorieren Sie sie einfach." „Hey!", protestierte Leonie gespielt schmollend.

Unsicher blieb Julia noch einen Moment stehen. Sollte sie jetzt gehen und den Kaffee holen oder kam da noch etwas?

„Wenn wir uns beeilen, könnten wir vielleicht noch in eine Tankstelle hier in der Nähe huschen und saure Gummibärchen, Lebkuchen und Schokolade kaufen", mischte sich Kai mit einem frechen Grinsen ein. „Das wäre ziemlich unhöflich", Toni bemühte sich einen tadelnden Blick aufzusetzen, aber sie bekam nicht das spitzbübische Funkeln aus ihren Augen.

„Sagt die Frau, die einfach fremde Leute in Geschäften küsst", konterte er herausfordernd. „Du übertreibst! Es waren keine Leute! Es war nur ein verpeilter Idiot", entgegnete sie und ihr Lächeln hatte eine fiese Note. „Aua, das schmerzt", gespielt verletzt schniefte er einmal.

Dann wandte er sich wieder an die ganze Runde, zu der auch die immer noch unschlüssige Bedienung gehörte: „Wisst ihr, meine Lieblingsschokolade ist die mit Kokos und ich würde mir echt gerne noch mehr kaufen, weil ich jetzt bei jedem Stück an unseren ersten Kuss denken muss. Da hatte ich nämlich auch vorher welche gegessen und es war himmlisch."

„Was für ein Zufall…", setzte Leoni an, doch mit einem Blick auf Tiaras gequältes Gesicht überlegte sie es sich nochmal anders und beendete den Satz schnell mit: „Kokos-Schokolade mag ich auch am liebsten." „Es war nicht unser erster Kuss", warf Toni ein und zerstörte damit vollends die Romantik.

„Was hältst du von einer kleinen Wette?", überhörte ihre Begleitung die Verbesserung. „Schieß los!", forderte sie ihn aufgedreht auf. „Ich wette du traust dich nicht Schokolade zu kaufen", verkündete er schelmisch: „Wenn du gewinnst, kriegst du Schokolade, wenn nicht, kriegst du einen Kuss."

„Da fällt mir die Entscheidung nicht schwer", langsam beugte Toni sich zu ihm rüber, nur um sich dann abrupt aufzusetzen und zu fragen: „Wer kommt mit einkaufen?" Kai hielt sie am Arm zurück und entgegnete: „Das war ein ganz schlechter Scherz." „Ich fand ihn gut", meldete sich Leonie wieder zu Wort. „Ich auch", stimmte Tiara ihr strahlend zu.

„Ihr verbündet euch gegen mich?", der Kokos-Fan tat entrüstet.

„Ich bringe dann mal ihren Kaffee", entschied sich Julia schließlich wieder aktiv zu werden. So lustig dieses Schauspiel auch war, sie kam sich ein bisschen vor wie das fünfte Rad am Wagen. „Oh! Könnten Sie uns vielleicht zwei Kakao machen, als Schokoladenersatz?", bat Kai sie freundlich und zwinkerte Toni zu.

„Natürlich", bestätigte Julia gut gelaunt und machte sich an die Arbeit.

Während sie die Getränke fertig machte, hörte sie dem Gespräch an einem der Tische weit vorne zu: „Habt ihr immer noch diesen Vogel? Wie hieß er nochmal? Kurkuma?" „Curry. Ja, den haben wir noch", antwortete Sina ihr fröhlich. „Und mit den Katzen gibt es da keine Probleme? Die hatten doch auch so Gewürznamen... Pfeffer und Salz?", erkundigte sich Romina locker weiter.

„Chili und Muskat sind ganz brav. Na ja, meistens. Aber sie würden nie auf die Idee kommen Curry zu fressen. Wenn er richtig loslegt, haben die beiden sogar manchmal Angst vor ihm, das sieht immer lustig aus", erzählte sie amüsiert. Mit dieser kleinen Meute wurde es zu Hause wirklich nie langweilig.

„Weißt du, früher dachte ich immer du hättest krasse Haustiere. Mit diesem Vogel und dann noch die beiden Katzen, aber das ist nichts im Vergleich zu Chlod", stolz etwas Besonders zu haben, legte Romina ihm den Arm um die Schulter. Neugierig sahen Sina und Nelio die beiden an.

Nach einer dramaturgischen Pause löste die Technikerin auf: „Er hat eine Schlange."

Überrascht riss Sina die Augen auf: „Eine Schlange? Als Haustier?" „Yoda ist nur eine Königsnatter. Das sind Würgeschlangen, die nur sehr kleine Tiere wie Mäuse essen und nicht giftig sind. Völlig ungefährlich", beteuerte der Star Wars-Fan unaufgeregt.

„Ich hab mich trotzdem ziemlich erschreckt, als ich die Klingel installieren wollte und sie plötzlich an einer Wandlampe gehangen hat", erzählte Romina von ihrem kleinen Abenteuer. „Die Schlange ist frei im Haus?", Sinas Gesicht wirkte ein wenig schockiert. „Nein, sie ist nur einmal ausgebüxt", rückte Chlod alles zurecht.

„Hast du französische Wurzeln?", wollte Nelio unvermittelt wissen. „Warum? Habe ich etwa einen französischen Akzent?", scherzte der Schlangenbändiger und näselte dabei absichtlich vor sich hin, was wahrscheinlich einen französischen Akzent darstellen sollte.

Vor Lachen wäre Romina fast vom Stuhl gefallen. „Der Name Claude", sagte der Spanier belustigt und betonte seinen eigenen Akzent scherzhaft. „Nur eine Abkürzung für Chlodwig", enthüllte er die kleine Enttäuschung. „Chlowi van Kenobi...", murmelte Romina gedankenverloren und völlig zusammenhanglos. Dieses Mal war es an ihm sich schlappzulachen.

Und an Julia war es die warmen Getränke zu verteilen. Zwei Kaffee und zwei Kakao. Die vier waren mittlerweile in einem so angeregten Gespräch, dass sie nur zwischendurch schnell ein „Danke!" haspelten und sich sofort wieder in die Unterhaltung vertieften. Scheinbar ging es um die ungemein wichtige Frage, ob Bücher besser waren oder Filme.

„Comics sind sowieso das Beste!", merkte Felix vollkommen überzeugt vom Nachbartisch an. Die Debattiergruppe ignorierte ihn, vielleicht hatten sie ihn auch einfach nicht gehört.

„Die besten Dinge im Leben sind essbar!", zitierte Moni einfach Garfield und klaute dreist eine Fritte von Felix.

In letzter Zeit hatte sie sich wieder viel Zeit für ihre Comic Sammlung genommen und stundenlang mit ihm nur bequem auf dem Sofa gelegen und gelesen. Irgendwie war das Leben mit ihm entspannter oder war einfach nur sie entspannter?

„Das Leben ist wie eine Eistüte, man muss lernen es zu genießen", brachte Felix ein Snoopy-Zitat passend zur Thematik Essen und schnappte sich ebenfalls genießerisch eine Fritte. Eigentlich war er ja schon satt, aber eine letzte Fritte ging immer, selbst wenn es am Ende mehr als nur eine letzte gab.

Julia musste über diese Comic-Weisheiten schmunzeln, genauso wie über die Tatsache, dass die beiden so locker-flockig einfach Comic-Figuren zitieren konnten. Irgendwie war das goldig, zwei leidenschaftliche Comic-Freaks. Schön wenn man jemanden fand, mit dem man seine Begeisterung ausleben konnte.

Auf ihrem Weg zur Theke sammelte die Kellnerin ein paar leere Gläser ein und bekam ein paar Bierbestellungen. Bier an Weihnachten. Sie persönlich fand da die Kaffee- und Kakao-Trinker deutlich passender.

„Oh nein!", rief Louise plötzlich. „Was ist?", Diana war sofort in Alarmbereitschaft. „Ich hab mein Glücksarmband verloren!", teilte die Trompeterin ihre schreckliche Entdeckung mit der Polizistin. Erleichtert atmete Diana aus und sie hatte schon gedacht es wäre etwas Ernstes... Na ja, mittlerweile sollte sie es eigentlich besser wissen.

„Du würdest deinen Kopf verlieren, wenn er nicht angewachsen wäre", meinte Diana mit einem lächelnden Kopfschütteln. „Das ist nicht komisch! Es ist mein Glücksarmband! Das hatte ich auch an, als wir uns getroffen haben! Ich brauche es unbedingt wieder!", irgendwie war ihre abergläubische Besorgnis süß... oder nervig, vielleicht auch ein bisschen was von beidem.

Mühevoll verkniff sich Diana einen ironischen Spruch wie: „Und was, wenn du es nicht findest? Werden wir dann von einem Meteoriten getroffen?"

„Ich helfe Ihnen!", erklärte sich sofort Niko vom Nachbartisch bereit und schaute unterm Tisch nach: „Hier ist es nicht." „Wann hattest du es denn zuletzt bewusst bei dir?", stieg auch Natalie hilfsbereit in die Ermittlung mit ein.

Angestrengt dachte Louise nach und nagte dabei ein bisschen an ihrem Fingernagel. Sanft nahm Diana ihre Hand und drückte sie unterstützend. Die Musikerin war schon ein kleiner, liebenswürdiger Schussel.

„Ich glaube auf der Damentoilette", sagte sie schließlich. „Ich gehe nachsehen. Für dich ist da der Zutritt verboten", mit diesen Worten drückte Natalie ihrem geliebten Nikolaus einen Kuss auf die Wange und bevor er überhaupt etwas sagen konnte, war sie schon verschwunden.

Mit einem verträumten Grinsen berührte er die Stelle, wo sie ihn geküsst hatte. Sie war wirklich ganz besonders… Er erinnerte sich noch gut daran, wie sie auf diesem Weihnachtsmarkt einfach so vor ihm gestanden hatte, nass und betrunken. Aber trocken und nüchtern war sie auch noch für so gut wie jeden Quatsch zu haben. Mit ihr war wirklich alles ein Abenteuer…

„Danke, dass ihr mir helft", ehrlich lächelte Louise ihn an. „Das versteht sich doch von selbst", meinte er und lächelte zurück. „Du tust Natalie gut. Du bringst sie zum Strahlen. So glücklich habe ich sie seit der elften Klasse nicht mehr gesehen", stellte die Chaotin geradeheraus fest. „Sie hat es verdient glücklich zu sein", erwiderte Niko nur auf seine warme Art.

„Und da soll noch einer sagen, es gäbe keine guten Männer", meinte Louise mit einem kleinen Seufzen. „Muss ich jetzt eifersüchtig werden?", frech zog Diana die Augenbrauen hoch. „Ich würde meinen letzten Keks mit dir teilen", antwortete sie ihr gespielt todernst. „Die überzeugendste Liebeserklärung, die ich je gehört habe", breit grinste die Polizistin. „Ja, ich kann echt romantisch sein", witzelte Louise und kam dabei mit ihrem Gesicht immer näher.

„Ich hab es!", verkündete Natalie und unterbrach damit ihren kleinen, schönen Moment: „Es lag beim Waschbecken."

„Vielen, vielen Dank!", überglücklich sprang Louise auf und umarmte ihre ehemalige Klassenkameradin. „Gern geschehen", etwas überrumpelt klopfte Natalie ihr leicht auf den Rücken. „Niko ist der Richtige", flüsterte Louise unvermittelt. Natalie hob den Blick und sah ihm direkt in diese wunderschön braunen Augen mit dem Hauch Grün, in die sie sich sofort verliebt hatte. „Ich weiß", wisperte sie zurück.

Ein verschwundenes Armband, das wieder aufgetaucht war, schon die zweite Katastrophe, die heute Abend abgewandt wurde, wenn man den Fast-Absturz des Tabletts mitzählte.

Ohne weitere Unglücke zog sich das Klassentreffen unbeschwert bis weit in den Nachmittag und Julia wurde langsam ungeduldig. Bald musste sie wirklich Schluss machen. Sie wollte nicht zu spät zu ihr kommen.

Glücklicherweise fing die Veranstaltung kurz darauf von selbst an sich aufzulösen. Schließlich waren nur noch eine Handvoll Leute da. Darunter auch Niko, der wegen seiner hilfsbereiten Ader mehr beim Aufräumen half, als sie. Die anderen waren eigentlich nur noch da, weil sie sich festgequatscht hatten.

„Ich mache jetzt Schluss", informierte Julia Daniel.

„Alles klar. Du hast heute wirklich gute Arbeit geleistet", kurz klopfte er ihr anerkennend auf die Schulter. Ohne länger Zeit zu verlieren, zog sie sich um.

In der Hand hielt sie die weiße Christrose von Dora. Auf den leeren Tischen standen noch einige Blumen, sie waren zu schade, um weggeschmissen zu werden und bestimmt hatte niemand etwas dagegen, wenn sie sie nahm. Kurzerhand fing Julia an, die Blumen aus ihren Vasen zu pflücken, allerdings nur an den schon verlassenen Tischen.

Am Ende hatte sie einen netten, kleinen Strauß zusammen. Zufrieden ging sie am letzten Tisch vorbei, wo der harte Kern an Plaudertaschen saß. Plötzlich streckte sich ihre eine Hand entgegen, mit einer schneeweißen Christrose.

„Danke", sagte Julia überrascht. Die andere Frau lächelte sie einfach nur warm an und für einen Moment vergaß Julia glatt wohin sie wollte, denn ihr Herz sagte ihr, sie sollte nie wieder weggehen.

In den Gesprächen hatte sie nicht so viel von ihr mitbekommen. Alle nannten sie nur Fine, wahrscheinlich eine Kurzform von Josefine. Sie war ohne Begleitung da und bei den Unterhaltungen nett, aber nicht besonders auffällig gewesen. Wie hatte Julia sie die ganze Zeit nur so übersehen können?

„Wofür sind die Blumen? Bringst du sie jemandem mit?", erkundigte Fine sich, als die verblüffte Bedienung einfach weiter stehen blieb. „Ähm ja. Für meine Oma. Sie ist im Altersheim", antwortete Julia ihr komplett frei heraus.

„Mein Opa ist auch dort. Wir reden doch vom Altersheim hier auf dem Hügel, oder?", charmant lächelte die ehemalige Schülerin. „Ja. Willst du mitkommen?", Julia realisierte erst, was sie da gesagt hatte, als es schon zu spät war.

Bestimmt würde sie ablehnen. Sie kannten sich ja gar nicht. Genau. Wer begleitete schon einfach so die Bedienung bei einem Klassentreffen?

Offensichtlich Fine: „Ähm ja, warum nicht." Locker stand sie einfach auf und verabschiedete sich von den anderen mit den Worten: „Bis irgendwann mal." Verdattert starrte Julia sie an. Passierte das gerade wirklich?

„Wollen wir?", fragte Fine mit einem Lächeln und zog die Haare aus ihrer Jacke. „Ja", meinte Julia und nickte ein Weilchen vor sich hin. „Ich bin übrigens Fine", stellte sich ihre unerwartete Begleitung vor. „Ich weiß", antwortete Julia vielleicht ein bisschen zu unüberlegt. Überrascht zog Fine die Augenbrauen hoch. „Ich konnte nicht anders als ein wenig zu lauschen", gestand Julia ehrlich, weil ihr einfach keine glaubhafte, gute Lüge einfiel. Fines Gegenwart war nicht gut für ihre Hirnfunktionen.

Seite an Seite gingen sie durch den Ort und ihr Gespräch lief wie von selbst. Es war so natürlich und frei.

Schließlich hatten sie das Altersheim erreicht und vielleicht wäre eine kleine Vorwarnung angebracht. „Meine Oma Henrietta hat Demenz", sagte Julia aus heiterem Himmel.

Und Fine reagierte darauf völlig unerwartet und zwar mit einem Lächeln: „Eine Tante von mir hatte das auch. Sie konnte Marzipan nie ausstehen und dann hat sie es auf einmal gegessen, weil sie vergessen hatte, dass sie es eigentlich nicht mag."

„Das Gleiche hatte meine Oma mal mit Fisch", erinnerte sich Julia lachend. „Sollen wir reingehen oder willst du lieber noch eine Weile hier draußen stehen bleiben?", erkundigte Fine sich sanft und zog die Schultern leicht hoch. Es war wirklich kalt.

„Ich kann dich hier draußen doch nicht erfrieren lassen", mit diesen Worten griff Julia ihre rote, kalte Hand und ging mit ihr ins Altersheim.

Es roch nach Kakao, Zimt und Mandarinen. Der Eingangsbereich war mit Tannenzweigen geschmückt und mit deutlich mehr Menschen gefüllt als sonst. Fröhlich redeten sie durcheinander und zwei Kinder spielten sogar Fangen.

Weihnachten: Tag der Besucher.

Alles war so voller Leben! Und Erinnerungen schwirrten durch die Luft. Natürlich gab es auch Geschenke, mit Vorliebe Selbstgestricktes und Schokolade.

Eine alte Oma hatte Julia sogar einmal eine selbstgestrickte Mütze in den Farben der lesbischen Flagge geschenkt und seitdem wunderte sie sich, ob die Farbwahl nur Zufall war oder sie es da mit einer besonders ausgefuchsten Oma zu tun hatte.

Umhüllt von dieser wunderschönen Weihnachtsstimmung schlenderten sie hoch zum Zimmer von Julias Oma. „Hallo, Oma! Ich bin's!", rief sie fröhlich und klopfte an die Tür.

Von drinnen kam keine Antwort, aber eine Melodie… Stille Nacht, heilige Nacht. Es klang so friedlich und gedankenverloren…

Leise öffnete sie die Tür und trat mit Fine ein. Ihre Oma saß vorm Fenster und sang. Obwohl sie schon so alt war, hatte sie immer noch eine schöne, klare Stimme. Und für einen Moment standen die beiden einfach nur da und hörten ihr zu.

Es wirkte als würde sie durch das Fenster nicht auf den momentan kargen Hof blicken, sondern in eine längst vergangene Zeit mit eingeschneiten Tannenbäumen und einem gefrorenen See, der den Sternenhimmel magisch spiegelte…

Schließlich verhallte der letzte Ton und der ruhige Zauber, der über dem Raum gelegen hatte, verklang mit ihm.

„Hallo, Oma! Frohe Weihnachten!", mit diesen Worten kam Julia zu ihr rüber und hielt ihr den Strauß Christrosen hin. „Oh! Wie lieb von dir Kindchen! Nett, dass du gekommen bist! Und wen hast du denn da mitgebracht?", freute sich Oma

Henrietta und die kleinen Lachfältchen um ihre Augen kamen warm hervor.

„Das ist Fine", stellte die Kellnerin sie vor. „Das freut mich dich kennenzulernen! Wusstest du, dass in der Musik das Ende des ersten Musikabschnittes Fine heißt?", fröhlich blinzelte Henrietta.

„Nein, das wusste ich in der Tat nicht", meinte Fine lächelnd.

„Und auf dieses Ende werden noch ganz viele Abschnitte folgen", flüsterte Julia ihr vielversprechend zu.

„Ich kann es kaum erwarten", erwiderte Fine strahlend und hauchte ihr einen kleinen, unschuldigen Weihnachtskuss auf die Wange.

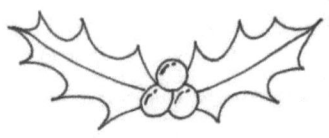

Frohe Weihnachten!

Weihnachten, das Fest der Liebe, inklusive lecke-
rem Essen und fröhlicher Musik. In diesem Sinne
möchte ich hier meiner Familie, meinen Freunden
und meinen Katzen für die Liebe danken, die sie
in jeden Tag des Jahres packen. (Auch wenn das
ordentlich schmalzig klingt.)
Ich hoffe mit diesem Buch konnte auch ich ein
wenig Liebe in die Adventszeit streuen. Und ich
wünsche jedem, dass er an Weihnachten nicht
allein sein muss.
Jetzt bleibt mir eigentlich nur noch eins zu sagen:
Ho Ho Ho.

Lust auf mehr
Weihnachtsstimmung?

ISBN: 978-3-7568-6129-3

Mit jeder Menge Freundschaft und Musik geht es in diesen 24 Kurzgeschichten durch die Adventszeit. Natürlich gibt es dabei auch abenteuerlichen Spaß im Schnee, leckeres Plätzchenbacken und einfach jede Menge Weihnachtsmomente. Viel Spaß auf diesen kleinen Winterreisen!